セルマ

真樹みどり

MAKI Midori

文芸社

桃子

桃子はビーグル犬。

大きな犬ではないけれど、垂れた茶色の耳。

白地に黒と茶色の牛のような模様。

鼻をフガーフガー言わせながら歩き回ります。

しかも垂れた茶色の耳も体全体の色もうっすらピンクがかった犬です。

今3歳と6か月になったところです。

お腹は空いたし寒いし寂しいし、今日はどこに泊まればいいのだろう……心細くさまよっていました……。

夜になって暗いアスファルトの道を歩いていると、どこからかいい匂いが漂ってきます。

それはビーフシチューでした……。

ハァー、食べたいナー。

その料理を作っているのは、村上さんという神父さんでした。

年は29歳。

髪を短く切りなかなか端正な男性でした。

古い黒光りする木造の教会の建物の横に、新しく増築された小さな居住部分がありました。そこのまだ新しいキッチンで村上神父は今夜、ビーフシチューを作っておりました。

大分煮込んだので蓋を開けるとよい香りが漂ってきます。トマトの酸味と黒砂糖のコク、そしてニンニクのうまみと赤ワインの上品な香り。お肉やジャガイモもとろけそうに柔らかくなっています。

「うーむ。久しぶりにご馳走を作ったなー」

とっておきの白いお皿を出しました。

「おお、主よ、感謝いたします。この幸せを」

ひとりぼっちの生活とは何と快適なものだろう！

わたしは昔から変わり者と言われた。

勉強はまあ、できた。音楽の才能もあった。

ピアノを習い、特にバッハに夢中になった。

バッハは神の息のかかった作曲家である……。

両親や恩師や友の語る音楽家としての輝かしい自分の将来に、あまり魅力を感じなかった……ちっとも魅力を感じなかった！

人とは結局みんなバラバラだ。驚くほどひとりひとりがそれぞれの世界に生きている。それでたまたま同じこと（演奏）で喜ぶことがあったとしても、だから何だというのだ。村上神父には自分ひとりで感動できるこの世の様々なことこそが、大切でした。いちいち他人には説明できない、生きている時間の中の入り組んだ事情の果ての喜びや感動。そういうことは、ほかの誰にとってもあることだろうし、その意味で他人には理解できないひとりひとりの世界の中で生きているのが、人間なんだろう。

この世とは、この世に生まれて生きるとは一体何なのか。自分ひとりということ以外は、すべて結局勝手で空しい。私が生きるだけのお金や食べ物があれば、それ以上何を望むのか。

村上神父はそんなことを考えて生きてきました。

神は存在する。

村上神父は最初から神というものが存在すると感じていました。

こんなに大きな自然の中でほかの生き物と同様の命ひとつ持って生きている人間。神という力が生かしている以外、考えようがないではないか。

神が自分にも何かをもたらすとは、思っていました。まだ漠然としていてはっきりしなかったけれども。その感覚はもっていました。

それで大学で神学を学んだ後パイプオルガンを演奏し、神を認め、人間ひとりひとりにとっての神の愛の話をしながら、ひとりで生きている教会の神父の生活に入ったのでした。神学つまり神の深い愛の勉強。日曜の礼拝でのお話。たまにたまーにある懺悔を聞くこと。そして教会の掃除。玄関と裏庭の花や芝生の世話。それらを終えればあとはずっと教会のオルガンを弾いていられるのでした。

バッハや讃美歌！　世の中の愚かで汚れた一切合切とは離れて、美しい天に向かって雲から自分だけが頭ひとつ出して、薔薇色の天使たちに祝福されながら神を讃える音楽を奏でる……向き合うは、自分の未熟さと汚れ、そしてそこからの脱却。最高の気分でした。

そんな哲学を持つ一方で……。

テーブルのビーフシチューを前に感謝の祈りをささげた村上神父は……最近は実は気になる外の世界の理不尽さや悪魔の所業について、あまり祈りの中で深く分析しないことにしていました。結局自分は非力だからです。まあ逃げ気味でした。それなのにこの教会に来た人の悲しみや苦しみにはやはり心が傷むのでした。村上神父はオルガンやピアノを素敵に演奏する才能に恵まれていましたが、そういう人は繊細であるがゆえに、たとえ他人のことであっても不幸なことに意外とクールではいられないのです。首を突っ込んだら最後、ますます心配と傷心の泥沼にはまっていきます……ああ大変だ……なので、あっさり感謝の気持ちだけをこめてお祈りを終わりました。いざ食事を始めると……裏庭でガタンと音がします！

泥棒だろうか⁈

さらに何かガサガサ物音がしています。

大変だ！

村上神父はモップを持って、十字を切って天を仰ぐと、裏口のドアへ向かいました。

ドアを開けてもし泥棒だったらすぐ鍵を閉めて警察に電話をしよう。

そう決めて、ドアを少し開けました。

暗闇に誰も見えません。

もう少しドアを開けました。誰もいないけど、ガサガサ音はします。

下の方を見ると、動物がいるようです。

それは空腹を抱えビーフシチューの匂いにつられてここまでやってきた桃子でした。

犬か！

桃子はお腹が空き過ぎて、どんどんドアの隙間からうちの中に入ってきました。

「おい！　お前」

村上神父は外を見てほかに誰もいないとわかるとドアを閉めました。

「お前、どこから来たんだい？　腹が減っているようだね。首輪もしてないのか。よしよし、何か食べたいようだね」

桃子は吠えたりもせず、村上神父がプレートに分けてくれた肉をよく食べました。

「そうか、空腹だったんだな。お前、主に感謝しろよ。今日ここにお前を来させてくれた主に」

神父の生活

朝、村上神父は目を覚ましました。

ベッドの足元には、昨日古タオルを敷いてやった上に寝ている桃子がいます。

おお！　そうだ、昨日この犬を助けてやったんだった、と思い出しました。

この犬を、私は飼うのだろうか？

飼い主のいない犬がどうなるのか、村上神父は考えました。保健所へ連れていかれ、殺されてしまうのではないか！　……それは余りにもかわいそうだ！

桃子は、またご飯をもらえるかどうか、追い出されたりしないかどうか、と考えて、村上神父の方を上目遣いに見上げています。

私にこの犬が飼えるだろうか……？　この犬の1匹くらい、大丈夫だろう。

しかし、この犬はどこかから逃げてきたのではないか？　とすれば、前の飼い主がいるはずだ……その人に出くわしたら！

その時は事情を話して返せばいいではないか。そうだ、私はこの犬をその時まで預かって保護してやればいいんだ。保健所に連れていかれるよりましだ……。

村上神父は桃子が飼い主に出会うまでは世話をしよう、と決心しました。

そうと決まったら、桃子をシャワーで洗ったり、街の動物病院に連れていって健康状態を診てもらったりしました。

村上神父は桃子の顔を見て、ちょっとおやじ顔だなー、と思っていました。しかしそれは太っているからであって、もう少しやせさせてください、とドクターに言われました。また本当は女の子である、ということもわかりました。

それで、セルマという名前を付けました。村上神父は古い映画が好きで、特に古いアメリカ映画に出てくるセルマ・リッターという中年の女優さんが、なぜか昔から好きだったのです。

さて、昼間、セルマの世話に時間をとられてしまったので、夕方やっと教会のドアを開けることができました。掃除を済ませ、ローソクに火をともし祈りを捧げました。ふと見るとセルマがゆったりとして村上神父を見ています。

「今日はお前のおかげでずいぶん遅れてしまったよ。お前も祈りを捧げなさい！　……お前は無理だな。ではせめて何か役に立つことをしなさい！」

それを聞いても、セルマはのんびりと村上神父を見つめているだけなので、村上神父は上を見て「ああ！」と言いました。

神よ、私はこのセルマをあなたの役に立つ賢さを持った犬に仕込むことができるでしょうか？　……私に与えられた試練のひとつですね。やってみます……。

そこへ小学生の女の子ふたりがやってきました。

「神父さん、犬飼ったの！」

「迷える子羊……いや、迷った犬だよ」

「可愛い！」

「いや、ちやほやしないで、これからこのセルマには色々仕込まないといけない」

「セルマっていうの、名前？」

「そうだ。いい名だろう？」

「……そうねえ、私、プリンがいいな」

「あかねはどう？」

「いや、もうセルマに決めたんだ」

みんなでワイワイ言っていると、後ろにいつの間にかツイードのコートを着た背の高い男性が立っていました。

「こりゃ、失礼……」

男性があまりにも異空間のように立っているので、村上神父はちょっとたじろいでしまいました。

「何か？」

男性は初老に差し掛かっていましたが立派なコートを着てカバンを持ち、手に持った帽子も上等そうでした。顔立ちはかなりハンサムでこれからシルバーグレイの渋い紳士の年齢に移り変わろうとしているところでした。

「ここでは、その……告解を聞いていただけると伺ったのですが……」

男性は長いまつ毛に縁どられた大変美しい目をしていました。清らかな泉に沈んでいくような気分にさせられる目でした。

村上神父はフラフラッとなったのを、瞬きして気を取り直しました。

「告解ですか……、ハイハイもちろんです。お困りのことがあったら何でもお聞きしましょう。私はそのための神のしもべですからね」

しかしこのように身なりの立派な社会的にもきちんとしていそうな年齢の男性が教会に告解をしに来るとは、一体どんなお悩みだろう？　これはかなり難しい問題を抱えている場合もあり得る……。

「ではこちらにどうぞ」

村上神父はセルマのことは女の子たちに任せて、男性を告解の小さな部屋へ導きました。

告白する人とそれを聞く神父はそれぞれのスペースに収まり、村上神父が小さな窓を開けると金網越しにお互いの顔が見えるのです。

「では、どうぞ」

「秘密は守られますね」

「もちろんです！」

男性は真剣に話し始めました。

「私の部下は私を大変に尊敬しています。私たちは人数の少ない会社です。が数々の素晴らしい仕事を成功させてきた。最高のチームワークで成功を勝ち得てきた。人間として生まれてきて、本当に最高の仲間に出会えたと思っています」

「なるほど」

「私はわけあって今は独り身なんだが、ひとりの素晴らしい女性に会った。彼女は私の亡くなった娘のように天真爛漫で、天使のようにかわいらしく優しい女性だ……」

「あなたはお嬢さんをなくされ、そのお嬢さんとそっくりの女性に出会った……というのですね？」

「顔かたちも似ているかもしれないが、雰囲気が全く似通っていて……どうしようもなく彼女が忘れられないのです。……彼女は私の最も信頼厚い部下と結婚している」

それは……村上神父は男性の顔を小さな窓越しに見ました。そこには、この世間にいくらでも転がっているコイバナを語るには、あまりにも端正な男の顔が見えるのでした。

「いいでしょう。まずあなたは独身だ。問題はない。しかしあなたが恋した相手は人妻だ。

しかも仕事上の部下の奥さんだ。これはまずいでしょう」

すると、男は口早に言いました。

「そんなことはわかっている！　だからここであなたに相談しているんでしょう！」

「この世には様々な煩わしいことがあります。女性もそのひとつです。男女の愛は素晴らしい。しかし煩わしいことでもあるのです。私から見たら煩わしいことの方が多いように思いますよ。私は自分が強くないことを知っている。だから、あらかじめそういったトラブルを避けて、この神の館で心楽しく暮らしているのです。ま、私のことはともかく、あなたの願いはトラブルが目に見えている！　あなたがその奥さんに手を伸ばしたら、いくら仲の良い部下の方でもいい気持ちはしないでしょう。そうしたら今までとてもうまくいっていた仕事も、そういうわけにいかなくなるでしょう。あなたは大きなものを失うことになるのですよ。仕事と、部下の人間的信頼と……」

その時、告解の小部屋のドアを誰かがノックしました。

村上神父はイライラしながらドアを開けました。

「何？」

「プリンをお庭に連れていって遊んでもいい？」

「ああ、いいでしょう。でも気を付けてね。仲良くね。かまれたりしないように」

ドアをガタンと閉めました。

少女たちはセルマを連れて小さな中庭に行きました。

「……ええと、ですからね……」

「彼女をあきらめることは、不可能だ」

「あなたの気持ちひとつですがね、その女性やあなたの大切な部下の方のことを考えたら、なんとか仕事を分けて会わないようにして身を引くことですよ。神様もそんなあなたを見ていて応援してくださいます」

「それが愛ですか」

「そう思います」

「それは私に死ぬことを意味しています」

男性はそう言うと告解の小部屋のドアを開けて去ってしまいました。

立派なコートを着た後ろ姿でした。

ああ、かわいそうに！　と村上神父は思いました。自分の娘と同じような、自分に忠実な部下の人妻。主よ、あまりにもひどすぎるのではないですか？　それがあの男が耐えられるはずの試練だというのですか？　あなたは厳しい。男の神経は繊細なのですよ。それをご存じないあなたでもあるまいに……。

村上神父は男性の身の上を他人事とは思えず、どうか彼がこの酷い問題を何とか切り抜けるように祈ったのでした。

全くなんてことだろう。だからこの世は過酷だというのだ。真摯な繊細な男にはあまりにもひどすぎる。あのように素晴らしい男性の気持ちを恋でもてあそぶとは、神とは下劣なのではあるまいか……。

その日、村上神父は餃子を作りました。焼き方は最初に水を入れて強火でむらし、水分がなくなると餃子の皮からグルテンが出て焼き餃子のひらひらができるのでした。パリッとした焼き上がりです。

「うーん、うまく焼けたな」

セルマはドッグフードをもらっていましたが、餃子ができるとその匂いに鼻をクンクンさせました。

「プリンよ……いや違う、セルマ！　その犬用の食べ物はおいしいのかい？」

桃子はあまりうれしそうではなく食べています。

村上神父は試しに、冷ました餃子をひとつセルマにやりました。セルマはぺろりと食べてしまいました。

「お！　私と食べ物の好みが似ているね」

と、村上神父は笑いました。

桃子は人間の食べ物を食べなれているようでした。村上神父にもすぐなつき、ほとんど吠えずのんびりして、気の良い相棒でした。

この教会で自分のことを見つめる場所や、時には告解という形で人が悩みを打ち明ける場を人々に提供しながら、自分はこの犬とふたり、なるべく世間のトラブルから逃れて生きていこう、と村上神父は決意しました。

翌朝は散歩です。

セルマはあまり歩きたがりません。

「お前、犬だろう？　散歩したくないのかい？　でもそんなに太っているだろう。体を動かさないと病気になるぞ。大体動きが鈍くちゃ番犬にもなれないじゃないか。ひとつくらい役に立たなくてどうする！」

しかしセルマは増々動きたがりません。ある家の白い木の柵のところで足を突っ張っていました。

すると表を掃除していたおばあさんが村上神父とセルマに気づきました。

「あら神父さん。犬をお飼いになったんですか？」

「そうなんです。いや実は預かっているのですよ。迷い犬なんです。飼い主をご存じありませんかね」

「お友達に犬を飼ってらっしゃる方がおりますからその方に聞いてみましょう。犬を飼う方は、犬の散歩でみんなお友達になるらしいですから」

「お願いします。おい、セルマ！　少しは動きなさい！」

「あら、ずいぶん怠けものちゃんなんですねえ。そんなんじゃ足が腐りますよ」

おばあさんはセルマの頭をなぜようとしましたが、腰が痛くて手が届かないのでした！


午後からは村上神父のひとりコンサートタイム。オンステージ！　教会のパイプオルガンの練習をする時間です。

今日も美しいバッハのフーガをひきます。ひとつのこの世のものとも思えぬ神秘的なフレーズから始まって、せつなく清らかにこの世を生きるたましいのうねりよ！　やがてそれは、ほかのフレーズや足で踏むペダルがなす音にも絡み合って、何とも言えず不思議な妙なる世界を創り出していく。己の中の純粋無垢だけど大人の部分が掘り起こされて、ああ、自分にも神のような素晴らしい存在に極近く対峙する部分があったのだ、と心が震える。真の神の神聖さの中にいて、生身で生きている気持ちも持っている。悲しいほど美しくひざまずくほどに感謝している……。

これが村上神父がバッハを演奏する時に胸の中をいっぱいにしている大体の気持ちなのです。バッハをこの穢れなき音の教会のパイプオルガンで弾く。その瞬間が村上神父の最高の幸福。我が人生のメインイベント。

しかし今日は今この時間を共有しているものがいます。

セルマは通路にいて前足に顔を載せていました。眠ってはいなくてリラックスして聴いていました。その姿に村上神父は増々なぜか嬉しくなって、弾き続けました。お前もバッハが好きなようだね。私たちをこの清らかな幸福が包み込んでくれる。ああ、なんとありがたいことだろう。

こうしてセルマと村上神父の楽しい毎日が2週間ほど過ぎていきました。ふたりは良い相棒になれそうでした。

村上神父が聖書のページをめくり明日の日曜礼拝にもし人が集まったら……いつも数名は来るのですが……何か話を……と思って話題を選んでいた時です。教会の入り口に背の高い人影が現れました。その人影は数秒の間そこに立ち尽くしていましたが、やがて教会の中へと入ってきました。それは以前部下の奥さんに恋をして悩みを話しに教会へやってきた、あの男性でした。

「ああ、あなたでしたか」

村上神父と男は見つめ合いました。

男性は、また話しに来たのでした。

「その後どうなりましたか？　気持ちの整理はつきましたか？」と、村上神父は告解の小部屋で男性に聞きました。

「整理？　私の気持ちは決まっています。彼女を得るか、死かです」

村上神父はため息をつきました。

「部下に、現在の彼女の夫たる男に、私の意向を告げました」

「ほう」

「前にも申し上げた通り、私たちは大変堅いきずなで結ばれている。もともとの私たちの人間性が私たちの間にきずなを築いていったのです」

「で、あなたの部下はどうしましたか？」

「彼女に私の元に行ってはどうか、と勧めたようです」

「！」

「しかし彼女は今普通の状態ではなく、つまり身重であるため物事を落ち着いて考えられなくなっているのです……それで……」

「あなたは身ごもっている女性とその夫との仲を裂こうとするのですか！」

「彼女が身ごもっているのは、それは私より先に私の部下と出会ってしまったからです。しかし私はそれを何のマイナスとも思わない。信頼できる彼の子供であると思えば、もうすでに生まれてくる子を愛する気持ちも湧いてきています。なんの問題もない」

「あなたはご自分とその女性を中心に考えておられるが、中心は夫たるあなたの部下とその奥さん、そしてこれから生まれてくる子供です。あなたはその輪の中には入れない。あなたは部外者なんですよ！」

「それは違います。もしそう感じられるのなら……そうだったら私もこんなに悩まない。私にもそれくらいの分別はあります。だてに長年生きて人の上に立つ地位を維持しているわけじゃない。私の部下もそのことがわかったから彼女に私の元へ行くように勧めたのです」

「でもあなたは彼の上司でしょう。俗にいうパワハラということではありませんか？」

「私たちの間にそんな問題は存在しない。彼は身を引いて彼女を私の元に来させる方を、彼自身で決断したのです」

「真実は私にはわからないが、誰かの心の中に間違った思いが存在すればその報いはいずれやってくるでしょう。そのように神はこの世を作られたのです」

「それで私は彼を遠くにやりました。丁度海外に彼にうってつけの素晴らしい仕事があったのでそれを任せることにしたのです。彼には大きなチャンスだし、彼ならよい成果を出せると予測できたのです。彼も感謝してくれました」

「そうですか……」

「しかし肝心の彼女が、私の元に来ないのです」

「世間一般から考えたら無理もないと思いますが」

「私は金銭的にも困らないように彼女に配慮している。部下は離婚届を自分の名前を書き込んでおいてきたそうだ。私は彼女が来たら十分な暮らしができるように新しく家を購入していつでも受け入れる準備を整えさせている。それなのに彼女はいったいどうするつもりなのか。たったひとりで、……心配でたまらない」

「彼女があなたのところに来るかどうかは神の御心ひとつです。つまりこの判断が正しければいずれ彼女は来るでしょうし間違っているのであればそうはならないでしょう」

「ではいくら彼女が心配でも待つしかないと」

「こうなった以上しばらく待つしかないでしょう。時々彼女が無事か確かめながら」

男性は目を伏せましたがやがて悲壮な決心をしたようなまなざしで村上神父を見ると、「私は間違っていない。彼女が早く気づいてくれるように」と言うと、ドアを開けて去っていきました。


その夜村上神父は夜のお茶をいただきながらセルマに話しかけていました。

「一体魂が魂を好きになる、愛する、とは、どういうことなんだろうか」

セルマは村上神父が敷いてくれた気持ちの良いラグの上にゆったり座ってくつろいでいます。体の茶色がピンクがかって無邪気なまなざしといい、可愛い、と村上神父は思いました。

「私がお前を可愛いと感じお前が気持ちよくいられるようにと気を配るのも、お前のたましいを思えばこそだ。どの魂も愛情をかけられねばならないし、どんなたましいにも愛情をかけられるほど強くなることが、生きる目的なのだ……」

するとその時ふと村上神父はあの男性が話している話の意味がわかったように感じました。誰もがどの魂をも愛せるように少しでも強くなること。誰もがどの魂も愛せるようになるように……。

素晴らしい詩人

かぐわしい初夏がやってきました。命を優しく育て励ます季節です。緑色のきらきらした日差しの中、それでもセルマは歩くのを嫌がっていました。

「セルマ！　なんだっていうんだい？」

この運動嫌いには犬が口が利けるならとくと説明してもらいたいものだ、と村上神父は思いました。何を思ってこの犬はこんなに足を突っ張るのだろう？　そのくせ帰るとわかったら普通に歩き始める。とにかく家を出たくないということなのか。

ま、私もそうだが。と村上神父は苦笑いしました。教会にやってくる人の話には耳は傾けるけど、基本的には人と交わらないでひとりで教会の中で生きていたいのです。犬は飼い主に似るというが私の心を態度で表現しているというわけかい、セルマ？

教会の小さな中庭には村上神父が植えて世話をしている花が咲き誇っています。水仙、アマリリスはもちろんのこと、白い小さな花、黄色い花、細い花びらのガーベラ、つつましい春蘭……。

おお、花とはなんと愛情深いものだろう。その清らかさ、美しさ。心を和ませ生き生きとさせてくれる喜びだけを与え、どんな時も淡々と季節を生きていく。そのやさしさにあふれた香り、みずみずしさ。

セルマも散歩から帰って芝生と敷石の上で休みながら水を飲み、花からのかぐわしいプレゼントを体に受け止めています。

「お前と私は、今この瞬間本当に幸せだ……感謝しなくては」

「こんにちは！」

礼拝堂の方で誰かが呼ぶ声がしました。村上神父が行ってみると、サングラスをかけた少し小柄な男が、そのサングラスを外し村上神父を見て会釈して微笑みました。

小柄ではありますが、角ばった整った顔立ちで、どこにも無駄のない精悍ないでたちをしていました。カッチリしたジャケット、細身のズボン、引き締まった腹部にはニットのチョッキ。ブルーのシャツに濃いブルーのネクタイを締めていました。微笑んだその目は大変賢そうで人柄の良さもあらわしていました。

「こんにちは」

村上神父は彼のところまで歩いていきました。「何か御用がおありですか？」

「はい。実は酷い問題を抱えていまして」

整った顔立ちが真顔になって村上神父を見つめました。

「伺いましょう」

村上神父は彼を告解の小部屋に案内しました。

男の相談はこうでした。同時にふたりの女性に好かれてしまい、そのふたりに付きまとわれている。そのふたりはどちらも著名な女優である、というのです。

本当なのか嘘なのか。神父をからかいに来たのか、頭がおかしいのか？

「そのふたりが誰なのか教えていただくことはできますか？　もちろんここでの話は一切誰の耳にも入りませんが。つまり神だけということですが」

「もちろんそうでしょう……いや、でも名前を申し上げるのはやめておきます。とにかく名の知られた女優なのでどちらにするべきか迷っているのです。どちらも同じくらい好ましいので」

「そうですか。ですがそういった問題はあなたがご自分で考えなければいけないことでしょう。言うまでもないことだが」

もしこの話が本当ならうぬぼれの強い性格の持ち主かもしれないこの男が、ムッとするかもしれないと覚悟したうえで村上神父はそう言いました。しかし男はちっとも嫌な顔をせず、というかこの世のありきたりな名誉欲、嫉妬心と言ったものとはほとんど無関係に生きてきたかのような純粋な晴れやかな目をして、小さな金網越しに村上神父を見ました。

「それはそうですが、そういわずに私の心の中の引っかかりを聞いてくださいよ。私の心には何かしら引っかかることがあるのです」

それから男は自分が実は外国人である、という話を始めました。日本語も全く違和感なく外見も日本人で通ると思われる顔や肌でしたが、アジアのある国の出身であるらしいのです。

「私の国は日本では全く報道されておりませんが自由からは程遠い国なのです。私は国では迫害されている民族のひとりです。何かと理由をつけては土地も財産も奪われ家にはいつも兵士が土足で来て物を壊して暴れていきました。両親もそのような生活の中でいつもおびえて暮らし、健康を害して病気になって死にました。

私は散々な目にあって生きてきたのです。だから平和に生きられる自分の居場所が欲しいのです。

私のことを追いかけている女性のひとりは大変美しく魅力的です。もうひとりは、年はいってるが人格的には申し分ありません。彼女は女優としても成功しているが、実は中国への過去の投資で今や大儲けしているのです。もし彼女が私と結婚して引退して私についてきてくれるのなら、私は彼女の方にしようかと思っているのです」

「その女性たちはあなたの素性をご存じで？」

「私が外国人であること、私が詩人であることくらいしか、知りません。私は詩人です。職業は詩を書くことです」

つくづく色々な人がこの教会にやってくるものだ、と村上神父は目が回りそうでした。この男に私は神の愛の言葉でアドバイスしないといけないのですね。大変だ。

「それはよく考えて決めなければいけませんね。貴方のそのドラマチックな運命に相手を巻き込むことになるでしょうからね」

「私の国の状況は日本の皆さんには想像もつかないことでしょう。口で説明しても日常的に様々な自由が奪われている毎日がどういうものかは、そういう国に生まれて生きてみないとなかなか理解するのは難しいと思います。

私はそういう国に生まれたのです。私には国ではまともな恋をする余裕もありませんでした。つまり女性の美点を感じ取ってもいつも生き延びることに忙しく生き抜くことがすべてだったのです。私は国の政府に対して国にいる時からどちらかというと反発する人間でしたから。外国に逃れてからは公然と批判するようになりましたから。

だから今でも私を好いてくれる女性を利用価値で選んでいることに後ろめたさを感じるのです。私は金持ちの彼女を選ばざるを得ません。それは私の今までの経験がそうさせるのです」

彼はそう言って目を伏せました。すると黒い濃いまつ毛が見えました。彼の顔立ちはアジア系といっても、どこかヨーロッパ系とミックスしたようなシャープな顔立ちでした。

「私は神父ですからあなたがどう生きるべきか、その時神の愛はどうあなたに注がれているのか、ということを本当はお話ししなければならないのですが。あなたの人生においてあなたがお国の政府と戦うということは、神があなたに与えたひとつの大きな課題でしょう。その課題を戦っていくことに比べたら、自分を好いてくれる女性をどういう理由で選んでも神様はお認めになるのではないでしょうか、相手をだましでもしない限り」

すると男性は村上神父を澄んだ美しい目でまっすぐに見ました。

「ありがとうございます。私は私の作品の中で私の国への愛を表していくつもりです」

こうして男性の相談は終わりました。彼が出てゆこうとするのを村上神父は出口まで送っていきました。セルマもやってきました。

「ひとつだけ伺いたいのですが、どうしてここへ話にいらしたのですか？　ほかのところでなしに」

「どうしてでしょう。単なる通りがかりだったのですが、私はもう1週間くらい結論を出そうと考えていて、その時こちらの教会の建物が目に入ったのです」

というわけで、男性は村上神父にお礼を言って去っていきました。

村上神父はその辺を片づけ、戸締りをしながらセルマに話しかけました。

「セルマ！　まったく驚きだよ！　あんな人が相談にくるなんてねえ！　まるで私が神様に試されているみたいな気がするよ！」

セルマは嬉しそうに尻尾を激しく振りながら村上神父を見上げてついていきました。

「だけどあの男性の話だけど、もう心の中では決めてたんだと思うよ。選ばなかった方の女性にはきっと何か気持ちの上で困難を感じたんだろう。本当はそちらをちょっとは好きだったけど無理だと思ってお金持ちの方を選び、誰かにそれでも良いって言ってもらいたかったんだな、たぶん。最初からほぼ気持ちが決まっているのを神様が覆す理由はないよ」

それから何週間か経ったころです。新聞にある女優がしばらく活動を休止して海外に充電しに行く、という記事が顔写真入りで載っていました。

さらに2か月後村上神父はその女優がパリで結婚したというニュースをネットニュースで発見しました。相手は外国人の詩人でふたりはこれからスイスに住む予定、と書かれていました。そのふたり並んでニコニコしている写真の男の方が、この前村上神父のところに相談に来たあの男だったのです。

「セルマ、あの男が喋っていたことは本当だったんだねえ！　しかも相手はあの女優だったんだ！」

彼女は50代で、自分は夫を愛しており彼が望んでいることに協力したい、とインタビューに答えていました。

「もうひとりの女優は誰だったのかわからないけど、今ごろ何を考えているだろうね」

すれ違った青年

　セルマがやってきてからというもの、村上神父は犬を飼う生活というものがこんなにも幸せな心躍る毎日になろうとは想像だにしていませんでした。セルマのおっとりと優しいふるまいがかわいくて仕方なくなりました。また、村上神父は自分で色々な花を植えている小さな中庭を、大変愛しておりましたが、セルマもそこがとても気に入っていました。花壇には四季折々の花が次々と植えられどの花も優美な蕾を開かせました。村上神父は特に球根から咲く花が好きでした。チューリップ、ヒヤシンス、クロッカス、水仙、アマリリス、グラジオラス、そして百合も植えていました。セルマは時には花壇に入ることもありましたが花を傷めたりすることはなく、そのことで村上神父は、セルマをなかなかわきまえた見どころのある犬ではないか、とひそかに思っていました。

　セルマと一緒に中庭で過ごしている時、村上神父は花の世話をし、セルマは花にうっとりしたり小さな虫を追いかけたりしながら、村上神父といることを楽しんでいました。幸せなミツバチたちもやってきました。

村上神父は神に感謝しました。おお神様、この世とは苦しい修行の場であるはずなのに、なぜあなたはこんなにも至福の時を私に与えてくださるのでしょう。この気のいい相棒が私のささやかな毎日をこの上もなく喜びに満ちた色合いに染め上げてくれています。花たちはどれも優しく私とセルマに愛を送ってくれます。そしてセルマと私、ふたりでいるということはこんなにも素晴らしい！　ああ、もし今ここに私ひとりだったら花の愛をもちろん受け止めましたが、今感じているほどいっぱいにこの愛と感謝の気持ちで喜びが胸にあふれたかどうか、わかりません。それはたぶん半分以下になったことでしょう。

今こんなに幸せなのが恐ろしい。本当はこの後同じくらいの分量の悲しいことがやってくるのではないか。神よ、そうなのですか？　いえ、私が臆病なのを知っていらっしゃるあなたは、かわいそうに思ってセルマを与えてくださったのですね。この束の間の幸せをぜひとも奪わないでください。それでないと弱い私は試練を乗り越えられません……。

村上神父がこんなことを祈りでぶつぶつつぶやいているうちに日没になり、セルマとふたりで楽しい夕食とくつろぎの美しい夜を迎えていた時のことです。外から何か聞こえてくるようです。それは人の話し声のようでした。セルマも今ごろ誰かしら、というように外に注意を払っています。村上神父はセルマを連れて外を見に行きました。

外に出てみると中庭の続きの裏口の道路で3人の青年たちが話しているのでした。どうやらふたりがひとりの青年を脅して金を巻き上げようとしています。セルマは少年たちを見てもうなりもしません。番犬としてはセルマは役に立たないんだな、と村上神父は思いました。怒りたいところだけれど、臆病なところは飼い主の私に似ているのかもしれない……いつか訓練しないといけない。

仕方なく村上神父は自分で行きました。

「そんなところで何をしているんだね？」

見ると目つきの鋭い青年がこちらをちらりと見て、関係ないというように背中を向けてまた脅し始めました。

「何か困っているのかね？」

彼は仲間と話すのをやめてこちらを見ました。顔は丸く頬のあたりがけがをした痕なのかでこぼこしていました。背は高く頭の良さそうな目つきでした。

「何でもねえよ。家入ってろ！」

「私はここの教会の神父だ。ほっとくわけにはいかないんだがね」

それを聞くと青年は怪訝そうな顔をして村上神父とセルマを見てから、教会の裏側に当たる建物を見上げました。

青年は前を向いてため息をつきました。

その時です。急に村上神父には青年が夜、水たまりの中にうつぶせで倒れて死んでいるのが見えました。頭の中の映像なのですがあまりにもくっきりはっきりと見えました。青年はうつぶせで顔は見えませんでしたけれども着ている物や背格好はその青年そのものでした。

胸の中が濡れて重いようにぞっとしました。そして静かに聞きました。

「これからどこかへ行くつもりなのかね？」

青年は、え？　なんで？　という顔で村上神父の顔を見ましたが、「うるせえ！」と叫んで行こうとしました。

「行くつもりなら行かない方がいい。行ったら君は死ぬかもしれない」

すると青年はとても厳しい目をして村上神父を見ました。

「俺の未来を予言できるのかよ？　死んでる俺が見えるのかよ？」

「実はそうなんだ」

青年はカッとなって村上神父の方へやってきて胸倉をつかみました。

「それで俺が死ぬっていうのかよ！　あ？　何が見えたのか説明してみろや」

セルマは吠えるどころか、心配そうにじっと黙って足元にすり寄ってきます。

「水たまりに君がうつぶせに倒れていた、その今着ている服で」

村上神父は、たとえ殴られても言ってやるべきでは、という気がして、必死に伝えました。青年は殴る気が失せたのか手を離すと仲間と去っていきました。

村上神父とセルマはその後ろ姿を見送りました。

不良青年の話……地獄から抜け出せない人々

朝になって青年は仲間と別れて家に帰りました。昨日は恐喝に失敗したのでお金がなかったのです。

立派な玄関を入っていくと家政婦のセツさんが出てきました。青年の顔を見て、お帰りなさいませと言いました。にこりともせず。

「おやじ、いる?」

「いいえ」

青年の父親は金持ちでした。材木会社の社長だったのです。

青年は父親が帰ってくるとお金をせびりました。ボクシングを習いたいから、と言いました。

父親は遊ぶのもほどほどにして早くうちの仕事の手伝いをするように言いました。会社を息子に継がせたかったのです。

しかし本当は、息子には無理だろうとも思っていました。息子は学校の勉強は苦手でした。材木会社の社長の息子ということで、なんとか中学校までやってきましたが、お金を積んで入った私立高校も結局途中でやめてしまい、今は遊び歩いているのでした。

妹の方がしっかりものでした。

「お兄ちゃん……カッコいいじゃん」

青年の着ているメタルの付いた黒の革ジャンを見て、妹が必死に話題を見つけて優しく言いました。

「おお、スゲーだろ……なんだよお前、まだ高校行ってんのかよ。悪い奴とつるんで、そのうちお前もうちの金、持ち逃げして飛び出すんじゃねえか！」

「ひどい……そんなことしないよ」

「お前にだって俺にだって、おふくろの血が流れてんだからよ！　そろそろお前がおふくろに似てきたっておかしくねーからな」

青年は意地悪く悪魔のように妹の心を傷つけては笑いました。

「お兄ちゃん、酷い……」

妹は泣いて自分の部屋へ走っていきました。

兄妹の母親はある日頭がつんつんとがった若い男と、子供たちを捨てて駆け落ちしてしまったのです。その時お金も何十万か持ち出したらしいのです。

父親は恥ずかしかったのでしょう。怒りながらも警察に届けることもしなかったそうです。

兄の方はそれからだんだん真面目に頑張ることができなくなり不良になっていきました。妹はずっと傷ついていました。母親は何で私たちを捨てたんだろう。こんなに戻ってきてほしいのに。父はなぜ一度も迎えに行かないのだろう。

妹は一度母親が、その頭がつんつんとがった男と暮らしていると思われる街のアパートのところまで行ってみたことがあります。なんとクラスの友達が情報を教えてくれたのでした。行ってみるとかなり狭いアパートの2階でした。しかし小高くなった斜面に建っているので、見上げるように高かったです。もう夕方で、空は紺色に染まり、一番星が輝き始めていました。窓には電気がついていて、そこにお母さんがいるかも、と思うととてもとても温かそうに見えました。

兄の方は母親のことを恨んでいました。再会したら自分が何をするかわからない気がして会いたくありませんでした。母を取り返しもしないで子供や会社の部下に威張っている父のことも腹立たしくバカにしていました。

ところで兄は本当にボクシング・ジムを覗きに来ました。ボクシングを身に付けて強くなれたらいいな、とちょっと思ったのです。

トレーニングを始めてみると最初は大変できつかったけど汗を流すのが気持ちよく、強くなりたい一心で頑張りました。

練習するとぐったり疲れるので、食事をがっつり食べて眠るために、夜遊びはせず家に帰るようになりました。

たまに妹と顔を合わせると、妹を脅して遊びました。妹は兄に殴られたり突き飛ばされたり、虐待されていたと言えます。妹は兄を一生許すものか、と思い、お金を貯めて、立派になって、どうせろくな大人にもなれないはずの兄を、大きくなったら鼻で笑ってバカにしてやりたい、と思っていました。妹はしっかり勉強し成績を上げていきました。

父のことは嫌いでしたが、兄を蹴落とすためには父に気に入られた娘でいようとし、大学の法学部を目指して猛勉強しました。父親は娘に妻の面影を見るのかあまり娘を好きではありませんでしたが、娘が役に立つ資格を取って会社を支えようとしているのを知って、次第に娘を頼りにするようになりました。

こうして心の奥底では結ばれていないこの父と息子と娘は、それぞれの思いと野望を持ちながらバラバラに、同じ家の中で生きていたのです。

ところで兄は、ボクシング・ジムである青年と知り合いました。年はひとつ上で、兄より何か月か前からジムに通っていたそうです。自分と同じくらいの初心者だと思って、兄は何かと青年に目をつけていました。

すると青年がジムのレッスン料を払えず、待ってくれるように係の女性に掛け合っている場面に出くわしたのです。

「規則だともう除籍よ。このジムも経営は大変なのよ」

「何とかするから、お願いだから待って」

「私には決められないわ。ボスに聞いてくるから待ってて」

係の女性がいなくなっている間に、兄は青年に話しかけました。

「融通きかねーな！」

青年はイラついてました。

「金のあてはあんのかよ」

「なんとしてでも作るさ」

「仕事する気があるなら、俺んとこに来れば、前借り頼んでやってもいいぜ」

そういうわけで、兄は青年を自分の家に連れていきました。

「おやじ、俺のボクシング仲間なんだけど、仕事探してんだ。なんとかしてやってくれよ」

父親は青年を見ました。最初はとんでもない厄介者を連れてきたと思いました。が、彼が働くことで息子の刺激になるかもしれないと思い、彼に仕事を与えることにしました。

こうして青年は材木会社で働くことになり、ボクシング・ジムも続けました。

青年にはハングリー精神がありましたから、集中力や頑張りも半端ないものでした。一
生懸命仕事をし、頭も良く、人に親切なところもあったので、父親も妹も彼に好感を持ち
ました。

一方、それを感じた兄は、すぐに劣等感を持ち、持ち前の腐っている性根で青年に嫌味を言ったり、恩着せがましい発言をするようになりました。

しかし青年の大人度は兄とは比べ物にはならないほどのものだったので、兄の嫌味に耐えるどころか、兄がなるべく少しでも父親によく思われるよう、兄のことをフォローしてやりました。

それがまた兄にはまったく、どうにもむかつき、イラつくのでした……。

「お前はボクシングも強いし、俺の家にやってきておやじの気に入られようとしている。最悪だな」

兄は酒に酔ってそう言うと、ニヒルに笑いました。

「そんなつもりはない。あんたも早く目を覚ましてくれ」

「俺にこの期に及んで説教までするのか！」

兄はよく暴れるようになりました。

結局、自分の息子を心のどこかで見捨てていた父親は、青年に期待するようになっていきました。もともと家業の発展が一番の望みなので、優秀な若者がのどから手が出るほど欲しかったのです。

それを見ていて妹は、自分が父親の一番の気に入りになれるチャンスはない、と思いました。大体、父親はまず男であることがうれしいみたいだ、と思いました。

ある日、妹は散歩に行きました。父親の気に入られようと思って大学の学部を選んで猛勉強していたけれど、それがだめならば何もこの自分をさんざん傷つけて悲しい思いばかりさせられてきた家に、とらわれなくてもいい。そもそも自分の力で自分の好きなことを目指して人生を切り開いていけばいいじゃないか、とふと気づいたのです。自分はどんなふうになりたいのだろう。どんな仕事をしてみたいか。

この辺りは住宅地でしたが、少し外れると小高い丘になっていてそこには畑が広がっていました。

その畑は空き地につながり、空き地のもう少し向こうに道路を隔てて村上神父の山の上教会がありました。

空き地に張り巡らされた柵に座って、あの青年が考え事をしていました。遠くを見ると妹がブラブラ散歩しているのが見えました。青年は、妹が兄にいじめられているのを知っていました。自分の家庭も家庭なんて言えないほどひどかったけど、今世話になっている社長の家庭も、金はあるけどどっちみちひでえな、と思いました。

自分の力で戦って道を切り開いていく。今はそれしかない。

次の日、兄と青年はジムでスパーリングをすることになりました。青年はトレーニングを積んでいたので、兄より持ちました。

兄はそのことをくやしがり、酒を飲んで酔っ払って悪態をつきに青年の家にやってきました。

青年の粗末なアパートをじろじろ見まわし、「なかなかいい部屋じゃねえか、お前にはよくあってるよ」。

それからかなり長いこと悪態をつき続けました。

青年はむかついて喧嘩寸前になり、翌日、もう材木会社をやめようと思って会社に行きました。

「お世話になったのに申し訳ないのですが、田舎に帰らなきゃいけなくなったので」

社長は頼れる将来有望株の青年が去るというのでショックを受け、何としても引き留めたく思いました。

「どんな理由で田舎に帰るんだ。場合によっちゃ、何とかしよう。金が要るんだろう？」

このひと言に青年は前からわかっていたことですが、ほとほと頭に来ました。煮えくり返るはらわたをぐっと抑えて、

「そういう問題じゃないんです」

と言いました。

「田舎に行ってお前にとって何かいいことがあるか？　何もないから出てきたんだろう。チャンスがあるのは都会だ。お前くらいの頭とやる気があれば、いろんなことがやれるんだぞ。それを俺がバックアップしようって言ってやってるんだ。トラブルも大抵、金が足

りないから起こるんだ。お前に文句を言ってくる奴にもお前が金を送ってやれば、黙るだろうよ。世の中とはそうしたもんだ」

青年はこの社長を、ああ、腐ってる！　と思いました。

「息子もひでえと思ったが、親がこれじゃ性根も腐るわな！」

と小声で言いました。

「今、なんと言った！　もう一度言ってみろ！」

社長は高すぎるプライドに傷がついて、怒りでわなわなしながら怒鳴りました。

「あんたは間違っている！　生き方そのものがおかしいんだ！　あんたには愛情というものがないだろう！」

「お前みたいな恩知らずな若造に、何がわかる！　世の中というものが何もわかりもしないで、生意気な口を利くんじゃない！　なんで、どいつもこいつもこうもバカばかりなんだ！」

喧嘩の声を聞きつけて、兄はとうとう青年と父親の仲が悪くなったんだと期待して入ってきました。

「おやじ、やっとわかったのか。こんな奴に期待するからこういうことになるんだよ」

「うるさい！　お前みたいなどうしようもない奴は息子とも思わん。金ばかり使って俺の苦労も気持ちも何もわかってない！　お前は腐れ卵だ。とっととつぶれて、ドブにでも流れてしまえ！」

それを聞いた息子は、青年の前でかかされた恥やもともとの父に対する嫌悪感など、すべてが怒りとなって猛然と噴出してきて爆発しました。父親に殴りかかりました。

青年は悪魔が２匹、互いに憎しみあって争っているのを、今自分は見ているんだという気がしました。見捨てて出ようと思いましたが、かつて自分の親も貧乏故だったかもしれないが、酷かったことを思い出しました。いつも俺の周りは悪魔ばかりだな、と思いながら、ふたりを止めに入りました。

しかし、息子の方は正気を失った状態でした。幼いころからの積もり積もった父親に対する怒りのマグマが、今回は吹き出してしまったのです。

「おふくろが出ていったのはお前のせいだ！」とか、「お前なんか死ねばいいんだ」とか、たくさんの言葉を口走ってつかみあっていました。

父親の方は、自分の息子ながらバカは死ななきゃ治らん……と思っていました。

騒がしいので会社の社員が何人も入ってきて、ふたりを止めました。

「落ち着いてください！」

みんなが息子を押さえ、社長から引き離しました。

息子はくやしさで生きた心地がしませんでした。父親をはっきり殺してやる、と誓っていました。

こうしてこの息子は家を飛び出し、ひっかけた女の世話になったりしながら、父親を、母親を、自分の周りの総ての人間を呪い、悪魔のようになってねじくれて人にたっぷりと迷惑をかけながら、生きていくのです。

父親は、結局自分の会社を大きくすることだけを考え、自分はこんなに努力しているのに家族には恵まれない、と思い、特に女性を恨みながら、女は性欲を満たすための家畜くらいに考えておけば間違いない、と思って生きていき、寂しい人生を終えることになります。

青年は、なんとか自分の人生をまともにしたいと思って、体を鍛え仕事を転々としながら道を切り開こうと模索していきます。

妹は父親や兄とは離れて、自立することを目標に勉強に就職に懸命に努力したのでした。

セクシュアル分布の中立地帯

さて、話を戻して、教会の村上神父のことです。彼は、若いながらも神父として時には教会にやってくる悩める人々に神の言葉を伝える……、と言いますか、相談に乗る立場でありました。好奇心や探求心からテレビ・インターネット・本なども目を通し、もちろん聖書も研究し、性格的にも物事をよく分析して因果関係を考える人だったので、だいたいどんな事柄でも意見やアドバイスを述べることができました。

しかし自分では、果たしてこれで良いのだろうか？　という思いが漠然とありました。自分は一般の会社に就職したこともない。恋愛をしたり、ましてや失恋をしたこともない。物欲・金欲・名誉欲にまみれて、競争社会で俗物となって生きることはまっぴらごめんだけれど、この安全な神の家で自分と犬と平和に生きているだけなんて、このままで人生が許されるわけがない……。

ああ、どこかに可愛らしい女性がいないだろうか。せめて恋愛の気持ちを理解してみたいではないか。心が清らかで私の神父という生き方を理解してくれて、私を精神的に愛してくれる女性。村上神父はこの教会の外の世界で自分に関連して起こりそうな事柄を、そんな風にぼんやりと思って見るのでした。

そうしたある日、髪を金髪に脱色して白いシャツを着た可愛い若い女性が、教会にやってきました。彼女はかなり整った愛くるしい顔立ちで、村上神父はこんなに輝いている女性を見るのは初めてでした。一目で恋に落ちた、のかもしれません。彼女が教会のベンチに座っている前を通りかかりましたが、自分が僧衣をまとっているのが何か格好悪いような気がして、すぐに部屋に戻ってジーパンとTシャツに着替えました。庭仕事をしようと思って古バケツとスコップを持って彼女の前を通りましたが、彼女は村上神父に全く関心を示しません。教会の用務員か何かだと思っているのかも！　それで、庭まで行って、そこでくつろいでいるセルマと目を合わせてから、バケツとスコップを放り出し、今度はオルガンを弾こうと教会へ戻っていきました。セルマは村上神父のいつもと違う行動に、なんだろうな……と関心のあるようなないような顔で、キョトンとしています。

村上神父はジーパンのまま、やおらオルガンの椅子に座って演奏を始めました。特に得意なバッハのフーガをものすごく心を込めて演奏しました。あまりにも気合が入ったので、教会の中は、神の御前にひざまずき自分の心を原点に戻す敬虔な空間というよりは、何か新しく、素晴らしい革命でもこれから起きるのか？　と思いたくなるような得体の知れない強いメッセージの音楽であふれてしまいました。

オルガンを弾きながら彼女の方をちらちら見てみると、なんとこちらを見ています。村上神父は最高の集中力でその曲の最後の部分を弾き終えると自分でも喜びにあふれてもう一度彼女の方を振り返りました。ところが、ベンチには彼女の姿が見えません。見るともう出口に向かって歩いているのでした。

村上神父は急いで彼女を追いかけていきました。

「あの、何かお悩み事ですか？」

彼女は振り返りました。

おお、何と美しい愛くるしい顔立ちでしょう。

「別にいいんです」

「いいえ、そうおっしゃらずに。せっかくいらしたんだから、お悩みを伺いましょう。何か解決策が見つかるかもしれませんよ」

彼女が戸惑っているようなので、村上神父は言いました。

「あそこに告解の小部屋がありますが……。何ならこのベンチでも構いませんよ。幸いほかに誰もいませんし」

「あなたは……神父さん？」

「ええ、さっき庭仕事をしようかと思って僧衣を脱いでこんな格好をしておりますが、この山の上教会の神父をしております村上と申します」

と言って、村上神父は、最高にさわやかな笑顔を作って手を差し出しました。彼女はちょっとびっくりしたけど握手をしました。

「あの、私も名前を言った方がいいんですよね？　菅原です」

「ああ、告解では名乗る必要はありませんが、でもとてもうれしいです。どうぞよろしく」

「私の悩みはどうしようもないことです。ある男性のことを好きなんですけれども、所詮かなわない恋なんです……」

かなわぬ恋、と聞いてほっとするような、しないような……。

「片思いということですか？」

「ええ。まあそうです」

職業上の受け答えは、迷いとは裏腹にどんどん口をついて出ます……。

「自分の気持ちを相手に打ち明けてはみたのですか？」

「いいえ」

「打ち明けてみなくてはわからないでしょう。勇気がいりますが。何か打ち明けられない理由がありますか？」

「ええ……そうですね。でも……わかりません。うち明けないで諦められるかもしれないし……今はまだ考えたいんです……」

「自分の気持ちを探ることはとても大切なことです。あなたがこの悩みを経て成長されるように、私も祈りましょう。もし誰かに話を聞いてもらいたい時には、いつでもいらしてください。あなたのお力になることが私の神に与えられた仕事ですから」

「ありがとうございます」

村上神父はこの少女が、告白しないつもりであると聞いて、よかったァ、と思いました。でもすぐに、ああ、神に仕える者が自分のチャンスを計算して正しいアドバイスを怠るなんて、何ということだろう！　とも反省したため息をつきました。

「あの、告白は大変かもしれませんが、相手にははっきり自分の偽りない気持ちを知らせなくてはいけません。もし告白が相手の迷惑になるのでなければ」

するとは彼女は疲れたように笑いました。

「たぶん迷惑なんですわ」

彼女がそう言ってまた帰ろうと出口へ向かった時、背の高い180センチ以上ありそうな、輝くばかりにハンサムな、にこやかな男が入ってきました。

「ああ、ここにいたんだね！　外に自転車があるのを見つけたから」

すると彼女は気まずそうな苦しそうな笑顔をしました。

村上神父はこの男が菅原さんの片思いの相手なのでは、と一瞬思いました。

男は大変人懐っこい感じで村上神父を見て、それから村上神父をまじまじと見ながら手を差し出しました。

「原田です。彼女のまあ、上司です」

村上神父も成り行き上握手しました。

「山の上教会の村上です」

「村上さん。下の名前は何とおっしゃるのかな？　あ、失礼。私は原田謙といいます」

と言って、コートの内ポケットから名刺を出しました。

「服飾関係です」

「おお、これはご丁寧に。私は名刺は持ち合わせておりませんが、村上優という者です」

「マサルさん。字は？」

「優しいの優と書いてマサルと読みます」

「ああ。いい名前だ……。失礼だがご家族は？」

「独身ですよ。この教会の裏に犬のセルマと共に住んでいます。セルマ！」

これまで次々と現れる来客と成り行きを見ていたセルマは、やっと自分が呼ばれたので村上神父の足元にやってきて仲の良いところを見せました。

「可愛い犬だな。私も犬は大好きなんですよ。シェパードを飼っています。利口です。今度ドッグランに一緒に行きませんか？」

「はあ。それがちっとも散歩を喜ばない犬で。でも広いところへ行ったら気持ちが変わるかもしれませんね」

「では行く時立ち寄りますよ。車で迎えに来ます」

「それは助かります。ただし土日は教会の仕事が忙しいので」

「わかりました。土日は外す、ですね。では」

原田氏はニコニコして菅原さんと去っていきました。ああ、後半は菅原さんより原田氏の方と仲良くなってしまった。なんということだろう。でも原田氏もまた魅力的な人物でした。いたし方あるまい。


そういうわけである日、原田氏が愛犬のダックスという精悍なオスのシェパード犬を連れて車でやってきました。

車は美しいオープンカーの外車で、ベージュの上等なシートにこれまた美しい人懐こい目をしたシェパードが乗っていて、犬と飼い主は似ると言いますが……これほど目を見張る美しいカップルもそうはいない、と村上神父は思いました。

村上神父もジーンズにTシャツ姿でリードを付けたセルマを抱いて乗り込みました。セルマは村上神父の腕から後部座席に移りました。シェパードのダックス君に比べるとかなりぶよぶよに太ってどよんとしたセルマですが、犬同士はお互い匂いを嗅ぎ合って何の問題もなく後ろのシートに2頭でちょこんと座りました。

「ダックス、気に入ったかい？」

「ワン」

「友達になれそうだ」

セルマもキョトンとして、車からの眺めを楽しんでいます。

村上神父も助手席に安心して座り、出発しました。車が発進した時から、村上神父はドキドキしていました。この派手なブルーのオープンカー。ハンサムな大男の原田氏。その隣に座っている自分。後ろには2頭の犬。自分たちは一見、どう見えるのだろう。原田氏は、年齢はたぶん30代。村上神父より年上です。

自分たちは犬を走らせに行く知り合いなのだ。それ以外の何者でもない！　と村上神父は自分に言い聞かせました。

原田氏がなめらかなハンドルさばきで車を走らせながら、村上神父に話しかけてきました。

村上神父は車の免許を持っておらず、普段から誰かに車に乗せてもらうことも全くないのですが、原田氏の運転する姿はなんだか華麗で心うきうきするのでした。

「家族はいないということだけど、あなたのような立場の人は恋人とかはいるの？」

「私は神父ですし……人付き合いは嫌いで……教会を訪ねてくる人々に話をする身なのにおかしなことですが、悩んでおられる方々に神様からのメッセージをお伝えするのは仕事ですし抵抗もありませんが、普段は自分と神との対話の中で暮らしているのが好きなのです。それにセルマと、庭の花や植物たちと、またオルガンで弾く曲との対話、ですね」

原田氏はそれを聞いてとても感動したように一瞬目をつぶって頭を振りました。

「君のような若者が今時存在していること自体、信じられないくらいだ。どうして神の道に入られたのか聞きたいところだけど、それはいずれまたこの次にしよう。君は大変興味を引く存在だよ」

「アパレル関係とおっしゃってましたが、菅原さんはあなたの下で働いていらっしゃるんですよね」

「今はね。彼女あなたに何か相談したの？」

「神父は守秘義務があります」

「済まない。失礼した」

やがて車は広々としたドッグランに着きました。

原田氏が車を止めるとダックスは心得ていますとばかりすぐに飛び降りました。それにつられてセルマも降りていきたいのだけれど、ダックスみたいにジャンプできないのでドアを開けてもらえるのを待っていました。

「よし。セルマ、今日はお前も犬らしく走ってごらん。新しい発見があるかもしれんよ」

村上神父ってなんて優しいのだろうか、とセルマは感じました。

ていうか、今日はこのハンサムなダックス君のお陰で外に出るのがとても楽しいような気分なのでした。セルマは車から降ろしてもらいいそいそとダックスの後をついていきました。

そこは広いグラウンドでほかにも飼い主に連れてこられた犬たちが何頭か、走ったり遊んだりしていました。

ダックスが入っていくとそのりりしい姿にほかのメス犬たちが、目をハートにして近づいていこうとしましたが、飼い主たちがリードを引っ張ったり手で抑えたりしました。

ダックスは彼らを見てもほとんど目に入らない風を装って、後れ目についてくるセルマを時折待ってやりながら、グラウンドの中へ進んでいきます。

セルマはほかの犬たちにはあまりにも不格好に見えたようですが、セルマ自身ダックスについていくのでウキウキしてしまって、自分が軽蔑されていることに気づきません。

やがてダックスが軽く走っていって地面の匂いを嗅いだりしながら嬉しそうにしました。

セルマはヨタヨタと、それでも珍しく走ってダックスを追っていきました。2頭であっちへウロウロ、こっちへウロウロ、遊びまわりました。

「どうやら仲良くなれたようだね」

「驚きましたよ。あんな散歩嫌いのセルマが、外で動き回っているなんて」

「ダックスは、俺が仲良くしてほしいと思う人間や犬にはちゃんと礼儀を尽くすんだ」

なんと頭の良い犬だろう、と村上神父は思いました。

「で、孤独が好きって言ってたけど、寂しく感じることはないの？」

「そりゃ寂しいですけれど、でも本来人間とは孤独なものですからね。でも自分の人生、これでいいのかな、このままで済むわけがない、と思っているのもこれまた事実なんですよ」

「ふーん？」

「だってそうでしょう？　僕は仕事上、人生に悩んでいる人の話を聞いて、愛と献身を説く神だったらどうアドバイスするか、と考えて、その人に道を示す。しかしその僕が人間関係やなんかの岐路に立って今まで1回も悩んだことがないなんて、そんな人生、神が許すわけがありませんよ。僕だってどんな時にも愛と献身を実践できるようになるためにこの世に生まれてきてるわけだし」

「君の愛と献身はこれから始まるんだよ、きっと」

原田氏は妙に訳ありのように村上神父を見て微笑んでいました。

ダックスはドッグランに来ているすべての雌犬の視線を浴びながら、セルマとしばらく遊んでくれましたが、やがて生命力を一気に爆発させたかのようにサラブレッドのごとく走り回りました。

2時間ほどドッグランで遊んだ後、原田氏は村上神父をドライブに連れていきたい、と言い出しました。村上神父も素敵な菅原さんについて聞いてみたいと思ったので、ドライブに連れていってもらうことにしました。

で、犬をそれぞれのうちに置いてから、夕方出発しました。

その日はとてもきれいな天気でうっとりするような夕陽が広がっていました。

「こんな夕陽を見るにはマティーニを用意しなきゃいけないな。あなたは酒は飲めるの？」

「飲んでもいいですよ。普段は飲みませんが」

すると原田氏はとてもうれしそうな顔をして、小さな酒屋を見つけて車を止め、ベルモットとジンのボトルを買ってきました。

車はくねくねとしたドライビング・ロードに差し掛かり、やがて赤い夕陽が山々の間に見える峠の途中のようなところに来ました。原田氏は車を止めました。

「早くマティーニを作らないと夕陽が沈んじゃうな」

原田氏は車から飛び降りてトランクを開け何かごそごそ探していました。

「しまった、グラスになるものが何もない。ダックスの水用の桶があるんだけど……きれいに洗ってあるし、気にしないかい？」

原田氏のことだから本当にきれいに洗ってあるだろう、と村上神父は思いました。

こうして原田氏は犬用の水桶にジンとベルモットを入れて混ぜ合わせ、夕陽に向かって乾杯し、原田氏が村上神父に水桶を渡しました。村上神父は少し飲みました。原田氏に桶を返そうとすると、「もう少し飲めよ。僕は運転する身だから」とのことです。

それから夕陽を見ながらおしゃべりしました。

「どうして神父になったの？」

「私は神父というか、まあ神に仕えるように生まれついていたんです。小さいころから神が見えましたし」

「それは本当？」

原田氏は面白いものを見るような驚きの表情で村上神父を見ました。

「どんな風に？」

「どんなって……ま、姿はほとんど見えませんけど、あ、これは神の御技だなってわかるんです。やらなきゃいけないことが目の前に転がってきたり、人が急に私に会いに来たり、とか」

原田氏はすごくうれしそうに村上神父を見ました。

「神父になるまでずいぶんそういうことがありました。なってからはそれまで程じゃないと思いますけど」

「ふーん。じゃ神に導かれて神父さんになったわけだ」

「ま、そうですね」

「で、その、家族とか、人との愛についてはどうなの？」

「そうなんですよ……神父といえども、私も愛する女性と巡り会って愛されたい、なんて思っていた矢先、あの可愛い女性が訪ねてきた……」

「誰？　……菅原君？」

村上神父はうなずきました。なんか、ベラベラしゃべらされちゃってるなー、と思いました。

「彼女のことが好きなの？」

「興味があります。あなたから見て彼女はどんな人ですか？　仕事を一緒にして」

「菅原君は、僕のことを気に入ってくれてるみたいなんだけどね、僕から見たら可愛い部下以上ではないね」

やっぱり！　菅原さんの片思いの相手ってこの原田氏なんだ！　無理もない……親切だしハンサムだし頼りがいもあるし金持ちそうだし……でも原田氏は彼女のことを仕事上のパートナー以上には思えないわけか……。

えーっとこういう時はどうすればいいのだ、自分は……彼女に相談を受けた身としては彼女の素直さをほめるべきだろうな。しかし彼女に興味を持っている一オトコとしては……などと村上神父が考えていると、

「本来、孤独を愛する部分を持っている君のような男にとって、女性というのは全く別の世界に生きている単なる生き物だ、と僕は思うよ。大体波長が違うし……男が男を理解するほど互いの生きるスタンスをわかり合うことはできないしね……」

「そりゃ男と女は違うんでしょうど……僕はそういう意味でアレを経験して……つまり女性に対する期待と失望とか……」

と説明しながらも、村上神父はなんだか抵抗し難い成り行きを感じました。別に特別間違っている！　これは悪行だ！　などという方向に物事が進んでいるというわけではないのですが、村上神父が望んでもいなかった展開にあれよあれよと物事が発展していく時の、あ、あ、あ……という感じです。世間では、そこでじたばた抵抗して成り行きを複雑にしてしまう人もいますが、村上神父は変にそういう時老成していて覚悟を決めて言ってみれば天が自分をどちらに転がそうとしているのか見てみよう、という気持ちになるのでした。

ふたりはまた車に乗り込みました。

「実は僕も結婚したことがあるんだよ」

と、原田氏が言いました。

「でも全然うまくいかなかったんだ。僕がどんなに金を稼いでプレゼントしても、もっともっとって言うんだ。フォックスの毛皮をプレゼントしたら、ミンクのコートじゃないとダメだって言うんだぜ。1年半で別れたんだ」

「へー、女性ってそんなものなんですか……」

「その後、もっと素敵な、今度は大丈夫そうな女性に出会って彼女と付き合おうと思って、すごく期待したんだ。クリスマスにうちでやるパーティーに呼ぶつもりで。でも彼女、もう結婚していたんだ。それもなんていうか彼女より稼がないような男なんだよ、旦那は。子供までいてさ。女というのは全くよくわからんよ、俺にとっては」

そう言いながら運転する原田氏の横顔は、ハンサムで、体格にも恵まれた、快活で真面目な男がこれまで一生懸命生きてきて、女性というのはさっぱりわからない世の中の理不尽な出来事のひとつだった、という風に複雑な表情をしていました。

「私は女性の悩み事は聞く立場にありますからきっとその女性たちにも話を聞いてみれば何か言うことはあるんでしょうけど……あなたには合わない女性たちだったんでしょう、たぶん。だけどあなたはこんなこと言うと失礼かもしれないけど、とても素晴らしい……素晴らしい人ですよ、陳腐な言葉だけど……」

原田氏は運転しながらちらっと村上神父を見ました。そして村上神父の真面目であどけないような誠実な表情を見てホッとしてすごくうれしくなりました。何も今言える言葉は見つかりませんでしたが、心の中は喜びではちきれそうでした。なのでニコニコしながら前を向いて運転していきました。

結局、ふたりはどこにもよらず夜の山のスカイラインのドライブを楽しんで帰りました。木々は紅葉し始めていていてライトに照らされたり、街灯でやっと黄色やオレンジ色になっている森が見て取れました。村上神父と原田氏にとってふたつのたましいがお互いの純粋さに感動し合った思い出深い夜の山の空気となったのでした。

それから2週間ほど村上神父は落ち着いた平和な日々を過ごしました。もちろん前から楽しい日々を過ごしてはいました。

しかし……。

原田氏と知り合ったことは……あの輝くばかりに素晴らしいナイスガイの原田氏とドライブした夜のことは、村上神父にとても深い印象を残したようです。次第にあれはデートだったんだ、と村上神父は思いました。原田氏の美しいブルーの車で山のスカイラインを初秋の温かい夜走ったんだ。彼は夕陽を讃えるためにダックスの水桶でマティーニを作り、ふたりで祝った。そしてお互いの魂を知り合った。これは孤独に生きてきた村上神父にとって初めての踏み込んだ魂との出会いでした。

友達……友情……愛。

原田氏とのドライブの思い出は心の中の甘味な財産となり、それはやがてまた原田氏と会いたい。また素晴らしい思い出をもうひとつ重ねたい、という願望になっていきました。

早くまた会いたい……本当に待ち遠しく……恋しい……。

恋！

私は、そうだったのか！

……つまり私は男に恋ができる男だったのだ！　女性にも興味はある。あの、原田氏の下で働いている菅原さんと付き合ってみたいと思っていた。けれど原田氏のことを……じっと考え思い出し会いたいと思うようになってしまった！

おお神様！

村上神父は羞恥心でいっぱいになってしまいました。女性を愛しても堂々としていられる気がしましたが、男性に自分は恋をしていると思うことは思いがけなかったせいか想像していなかったせいか、なんだか気恥ずかしいのでした。そしてやがて恥ずかしくもなんともないと感じるからこそ、この気持ちは本物だとも思えるのでした。

恥ずかしくも嬉しい。そして会いたい。庭仕事でも掃除でも料理でもオルガンを弾いていても、原田氏のことばかり考えました。セルマの世話をする時や聖書を読んで祈る時は、原田氏から少しだけ離れることができましたが……。

ついにまた原田氏と会うことができました。

原田氏はまた、村上神父とセルマをドッグランに誘ってくれました。

今度も同じ場所に行きました。ハンサムで背の高い目立つ原田氏と村上神父がまたふたりでやってくると、前回にも居合わせたほかの犬を遊ばせにきている特に女性の飼い主たちはふたりを見てひそひそ話したりしました。つまり原田氏と村上神父のことをうわさしているのです。

村上神父はゲイと思われてもかまいませんでした。なぜなら、原田氏に恋をしていましたから。

原田氏もにこやかにしていましたが車に乗ってから何かを考えているようでした。

村上神父は、

「おかしいと思うかもしれないけれど、今日あなたに会えて僕はすごくうれしいんです。奇妙に聞こえるかもしれないけれど」

と言いました。

「奇妙なことはないよ。君がそう思ってくれるのは僕にとってもとてもうれしいんだ。ただ、今日いた連中はちょっと気になったな」

「え？　どういうこと？」

「ああいう連中は深く考えもしないで、無責任に噂話をする連中さ。僕は単なる会社勤めだから、あの連中と普段顔を合わせることはないけれど、君は土地の人々を相手にしている教会の神父さんだ。マイナスな噂を立てられて仕事がしにくくなったら困るだろう」

村上神父は、どんな問題が起きるのかよくわかりませんでした。

しかしそれからは車で遠くの離れた山や海辺へ行き、よく注意しながら犬たちを遊ばせました。もとよりダックスは大変賢くわきまえた犬でしたから、たとえ他人がいても、近づいていくことはありませんでしたし、セルマも弱くて人に立ち向かうようなことのできるセルマではありませんでした……。

ある時、原田氏は犬たちをそれぞれのうちへ送っていったのち、村上神父を山の中の静かなレストランに連れていってくれました。

「ここは料理がうまいし静かだし、それに親切なんだ……」

「素晴らしいね。よく来るの、こういうところに？」

「素晴らしい人ができた時だけだ」

村上神父はその言葉にうっとりしました。こんなになんでもできる非の打ちどころがない立派で魅力的な男性からそんな風に言ってもらえるなんて、幸せ極まりないのでした。

村上神父が夢心地でいると原田氏がウエイターを呼びました。

「ワインが飲みたいな」

「かしこまりました」

「何か希望はある？」

「僕は普段お茶や牛乳くらいしか飲んでないから、任せるよ」

「本当かい？　清らかな神父殿の生活を俺が乱すのは気が咎めるな。でもあれだよ。スイスの方の修道院なんか坊さんみんなで有名なリキュールを作っているじゃないか。アキテインっていったかな」

「そういうところで、同じ神の道を目指す仲間と働くのも感動的なんだろうな。今の僕にそんなチャンスはないけれど」

原田氏は自分でワインを選んでウエイターに注文しました。

「どうだろう？　チャンスがあったら行きたいのかい？　そういうところに」

「そりゃ神様が僕にその必要を感じたら、そこへ連れていってくださると思うけど、今はうちの教会に訪れる人の力になるのが主の望む僕の仕事という気がしているし……」

「俺も訪れたよね？　君の教会に？」

レストランはお客が少なめで、すべてのテーブルにはキャンドルがともっていました。その温かい炎が優しく揺らめくたびに、原田氏の笑顔が愛に輝いているのが見えました。

「あなたは主が僕に与えてくれた贈り物だ。孤独な僕に主が出会わせてくれたんだ」

「こっちこそ君は贈り物だ。君みたいに純粋な男に僕は今まで会ったことがないよ。いつまでも守りたい」

ふたりの間に宝物のような琥珀色の時間が流れました。

その夜、ふたりはレストランが併設しているホテルに泊まりました。

まるでボヘミアン・スタイルの家の子供部屋のように可愛らしい、温かみのある部屋でした。

そこで村上神父は今までこんな幸せがこの世にあったのか……！　と感じるような、泣きそうなくらい幸せな体験をしました。

まるで今までの人生が一皮むけてしまったようでした。

「いつも何か新しいことが起こった時、主が僕に何を教えようとしているのかって考えるんだけど……よくわからないや、感動的過ぎて」

「何も考えるな。ただ感じるんだ。感じられる何もかもを」


何日か経ちました。

村上神父は自分の家のベッドメーキングしながら原田氏のことを考えていました。

あの時、確かに幸せだった。

神は僕に幸せな気持ちを味わわせてくれたんだから確かにご褒美だったんだろう、何かの。

でも学びでもあるのだろう。僕がひと時の愛や別れといった経験がない！　と言っていたので、神様が早速味わわせてくれたんだ。本当にありがとうございます！　こんなに素晴らしい思い出を。

一方、セルマは考え事をしながら家の中を整えている村上神父を時々見て、また自分のご飯のことや今日は何をして遊ぼうか、ということなどにも思いを巡らせていました。セルマは母親が息子を思うように村上神父を見守り、また餌をくれたり遊んでくれる人として村上神父を母親のように頼ったりもするのでした。

村上神父は考えていました。こんなに素晴らしいことが起こったら、あとで何か悪いことが起こるかもしれない。以前ある外国の有名人の美男美女のカップルが新婚間もないころ、夫の方は幸せいっぱいであるにもかかわらず暗い悲しそうな様子になって、こんな幸福はいつか報いが来るに違いないと言ってた、と妻の女性が言っていたのを思い出しました。

それを聞いた時、村上神父は、あとで報いが来るほどの幸福って、どんな幸福なんだろう？　と思ったものでした。でも今、ああ、それはこんな気持ちなんだ、と原田氏と自分の間のことを考えると思いました。そして報いとはこの幸福が終わる時のことなのか、何なのか、と考えました。原田氏はあれだけ能力のある男だし、いつか僕たちの別れはあるのだろう。でもそれまでなるべく愛の籠もった関係でいたい。

それからは、村上神父は頭を原田氏のことでいっぱいにしながら部屋を掃除し、教会を掃除し庭の花の世話をし、セルマの世話もしました。

オルガンを弾きながら、目は原田氏とドライブした美しい景色や原田氏が見せた笑顔、そしてダックスやセルマと一緒に楽しく遊んだ数々の場面ばかり思い出して描いているのでした。

ギターが下手だ、と泣く女

そうした中で村上神父は教会に来るほかの人の相談にも乗っていました。

ある日、とても可愛い若い女性がやってきました。芸能人かな、と思うほどちょっとオーラを放っていてこれまた菅原さんみたいに髪は金髪にし、長く肩に垂らしてカールしていました。

あんまり可愛いので、村上神父は以前なら恋しそうだったなー、と思いました。今は自分には原田氏の存在がありますが。

告解室の小さい窓を開けると彼女がいました。

「教会で神父さんに相談するようなことじゃないんですけど……」

「話してごらんなさい。ご自分で判断しなくてはならないようなことなら、そのように申しますよ」

「あ、そうか。えーと私、ギターが弾きたくなって先生に習ってるんです。でもなかなかうまくならなくて……どうしてでしょう？」

ズルッと村上神父はズッコケそうになりました。

「私もオルガンを弾きます。教会のパイプオルガンですけれども」

そこで村上神父はニッコリ笑ってみせました。

「楽器には限りませんが、何事も……特に楽器は練習が必要です。たくさんの練習の先に熟達した演奏というものは生まれるのですよ」

「私練習してるんです！　でも、同じ曲を弾いても先生みたいな音になれなくて！　同じ音符を弾いても先生の方が素敵ないい音なんです。私だって練習してるのに……どうしてなの⁉︎……」

女性はそこでなんとオイオイと泣き出してしまいました！

村上神父は目をパチクリしました……。

「あの、僕は弦楽器を弾かないからわからない部分はあるけど、楽器や歌、そもそも音楽というのはいい音素晴らしい音が出せるようになるまでたくさんの練習が必要ですし、たとえある程度美しい音が出るようになってもさらにもっともっと先に進むと言いますか、つまり芸術に完璧はなく、一生高みを目指すというのはそういうことでしょう。あなたの先生もよい芸術家ならば今でも自分の音を磨こうとなさっているはずですし、あとから始めたあなたが簡単には追い付けないというのは言ってみれば当たり前なことです」

「じゃあ、先生のような音にはなれないっていうんですか？　でも同じ赤ん坊として生まれた人間じゃないですか！　どうしてあの人にできて私ができないのかわからない……」

彼女はしゃくりあげながら言いました。

この女性はたぶん挫折とかくじけた経験がないのかもしれない。

「時には、大した苦労もなくスイスイと名人のようにこなせる人もいますよ。でもそれはその人が特別に神様からその才能をプレゼントされている場合のみです。でも大抵はそんなことはなくて結構な苦労・努力をしてやっとのことで身に付けていけるものです。でもその苦労の過程こそが精神的には素晴らしい経験でありあなたの心の財産となるのですよ。神様はそこまで考えていらっしゃいます」

「神様は私に何で才能をプレゼントしてくれないのかしら」

「それはここで辛抱して練習するという経験をあなたにさせた方が、よりあなたが全体的に素敵な宝石になると神が思われているからですよ」

「素敵な……宝石？」

「そうです。ひとりひとりの人間はそれぞれが素敵な宝石になるためにこの世で苦労したりして磨かれているわけですからね」

「私が練習してもしても、いい音になれなかったら神様はどうするのかしら」

「私もいくら練習してもどうにも進歩がないことをどこまでも追求し続けたことはまだないんですけれども……でもまずとにかくやってみないといけません。相当頑張ってみることです。私の考えでは体を動かすことは頭で考えたことを手などがその通りに実行する、この神経の通りを反応を良くして正確に行う訓練ですからね。その神経を持っている以上忍耐強くトライしていれば神経はだんだん動いてくれるようになりますよ。で芸術はそこに美意識というふるいが入り込んでくるんですよね」

「ふるい？」

「そうです。あなたは自分の弾くギターの音より先生の奏でる音の方がいい音だと感じていらっしゃるわけですよね？　そこに美しさがあるとわかるわけだ。つまり美を見分けるセンスをお持ちなのです。それがふるいです。

自分の音が少しでも同じように美しくありたいと感じる。練習していい音が出せる時と出せない時があったら、なるべくダメな音を減らして美しい音だけにしていこうと努める。これが美意識のふるいです」

「…………」

「そこが素晴らしいところなんですよ。なぜなら美しさとは本当に百花繚乱。たくさんの様々な美しさがありますからね。人がひとりひとり違うようにその人の持つ美意識のふるいもひとりひとり違います。先生とあなたの美意識も同じではないはずです」

「私は……先生と同じくらいのきれいな音が出せればとりあえず満足なんだけど」

「私の知るところでは先生について練習している生徒さんでも段々その人独自の音やスタ

イルが作られてくるものですよ。たぶん自分でもわからないたましいの美の世界の旅が始まっていくのです。それが結局その人の個性となり魅力となるのです。とにかく謙虚になって練習を積むことです」

「いつごろ、いい音になってくるかしら？」

「さあそれはわかりませんね。でもいい音になるかどうかわからなくても、いい音になりたいから美の世界を探検するという音楽を愛する無償の気持ちがですね、楽しいし尊いんですよ」

女性は下を向いてまだ泣いていましたが、恥ずかしくなったのか冷静になれないのか、何も言わずにバタンと告解室から出ていってしまいました。

村上神父が声をかけようとしても無駄でした。そこにセルマがいたので、村上神父は仕方なく言いました。

「セルマ、なんてことだろう。あの女性は今まできっと簡単にできないことなんて何ひとつなかったんだろうねえ？」

その後ある日村上神父がオルガンでフーガを弾いていると、いつの間にかあの彼女がきて、座ってオルガンを聴いているではありませんか！

そうこうするうちに村上神父は彼女とさらに色々話すようになりました。彼女は水沢ヒロコという名前で、母親とふたりで暮らしているそうです。父親は飛行機事故で亡くなったので、その遺族に払われるお金で食べていけるから仕事はしてないそうです。登山・カメラ・ギターなどの趣味を楽しんでいるということがわかりました。

「ギターは練習をしてる？」

「ええ。でもちっともうまくならなくて。やめようかって思う時があるわ」

「そこでやめたら悪魔の勝ちだ」

「悪魔？」

「今、君が美しいギターの調べという神の世界にあこがれて頑張ろうとしている。君を見守っている君の天使は君に期待をして応援している。でも君がすぐに上手になれないからと言ってイライラして、ギターが悪い音を出すどころか、君がひがみ深く嫉み深く心まで汚い嫌な人間になるのを望んでいるのが悪魔だ」

「どうして、そんなことがわかるの？」

「私は神父だよ。この地球上の善と悪、神と悪魔の戦いを把握して、人間が悪魔に利用されそうな時に気づかせることが仕事だよ」

「じゃあ悪魔と神様が見える？」

「見えるって何か実物のように見えるわけじゃないけど。ああ今悪魔が人間をたぶらかそうとしているとか、今神がこの人を応援しておられるとか、そういうことはよく見える」

ヒロコさんはいたずらっぽい顔立ちで斜めから村上神父を見ました。

「あなたって面白いわ」

「面白いとか言ってる場合じゃありませんよ。あなたは今、チャンスを与えられている。真摯にギターや音楽と向き合って音楽を素晴らしくするとともに自分のたましいのレベルを一段上げることができるか、それとも素晴らしいことに気づかぬまませっかく与えられたチャンスをものにしないで逃すか」

「ギターはうまくなりたいけど、でもギターの腕を上げることがそんなにものすごいこと?」

「自分を磨くということは自分を神に近づける素晴らしいことです。愛にあふれ強くて優しくて、結局それが幸せなんだ、というものになるために努力することです。そう努力できることが結局は幸せなんです。なぜなら人間は怠けていたり汚くて悪いままでいることには満足はできず幸せにもなれないから。自分を磨くことと自分の奏でる音楽を美しくすることは、同じ深い意味があります」

ヒロコさんは何回か教会に来ましたが、ある日を境に来なくなりました。ギターの練習は続けているのか、村上神父が一生懸命話したことを少しはわかったのか。それはわかりません。村上神父は頑張ったけど彼女を目覚めさせられたかは、わかりません、と神様に報告しました。

部下の妻を愛した男性

ある日、村上神父はチャペルをきれいに掃除し終わり、いつもセルマと遊びに来るふたりの小学生の女の子たちに何でいつも掃除をするのかと聞かれて、掃除はどんなに大切な意味があるのか、説明しておりました。

「汚いのときれいなのとどちらがいいと感じる？」

「すごく汚いのはやだけど、ちょっとだけごみが落ちてるのは平気」

「すごく汚かったら掃除する？　ちゃんと？」

「えー！　だって、うちんちそんなに汚くないもん」

「汚いところがあったら私が掃除しよう。きれいにしたいって思わなくちゃダメなんだよ」

「どうして？　アタシ、まだ子供だもん」

「大変な掃除はやり方を教わらないとできないかもしれないけど、汚れは心の中の汚れと一緒なんだ。ズルいことしたり嘘をついたり……それよりももっと誰かがつらい目にあうように意地悪したりする汚い心。それを追い出すのと同じで、自分のいるところやみんながいる場所を清潔に掃除しておかないといけないのさ。掃除を怠けるのは働くのを怠けることだ。怠けてマメに動かないのは人生に負けることになっちゃうんだよ。生きていくということは、これをしようと思いついたことを本当にやる、ということなんだ。自分がこれをやってみたいと思ったことはなるべく全部一生懸命やってみて、どんなだったかを感じなきゃいけない。それには我慢強い強い心がいるんだけど、ちゃんと我慢して掃除してるとそういう我慢強い強い心が自分の中にできてくるんだ」

「ふーん、わかった」

「わかった？」

「うん、少しわかった。我慢強い強い心を作るために掃除する。ごみが落ちていたら」

「そうだ！」

村上神父はうれしくなりました。

「あのねー、この前、大人のおじさんが歩きながらごみをポイって道路に捨てていったよ！」

「おばさんがごみ落としながら歩いてるの、私見た、この前」

村上神父は手で目を押さえました。なんということだろう！　子供が見てるのに！　悪い手本になっている！

「それはいけない大人だ！　大人は長く生きてるんだから君たちよりももっと我慢強い心を持っていて立派じゃなくちゃいけないのに、子供の君たちがいけないと思うような道路にごみを捨てるなんてひどいことをして、子供の君たちが知らないでごみを拾わないのよりもっと罪深いことだ！　君たちはそんな恥ずかしい大人になっちゃいけないよ！」

「うん、私ごみを落とさないようにする」

「私も！」


そんなやり取りをしていると、また入り口の方から誰か入ってくる人影が見えました。男性と、その後ろに赤ちゃんを抱いた若い女性が男性にねぎらわれて入ってきました。男性はキリストとマリア様が祭られている祭壇を見ながら近づいてきて、村上神父のことも見ました。

ああ、何か月か前ここにやってきて話をしていった男性です。部下の奥さんを愛しているということでした。するとあの母子がその女性と……部下の子供ということか！

男性は母子を祭壇のすぐ近くのベンチに座らせ、自分はひざまずいて頭を垂れて祈りました。

村上神父は近づいていきました。

「あなたでしたか」

「…………」

「3人でいらしたところを見ると、神はあなた方の愛をお許しになったということなんですね」

男は男としてとても満足そうに母子を振り返りました。

「私が、何ものにも代えがたく彼女と子供を守っています」

男性は村上神父を見つめました。

「でも色々なことがありました。私には大きな学びだった。私は宗教を信じていなかったが、人間を操ることもある大いなる力の存在を感じるに至った。そしてもともと誰をも傷つけたくないので、必死にその大いなる力に祈るために来たのです」

「そうですか……。人生には実に様々な学びがありますが、あなたや奥様や……もう奥様ですか？」

男性は微笑んで女性の方を見ました。彼女は大きな瞳で頷きました。

「……部下の方の直面した学びはかなり高等な愛の学びと言えるのではないでしょうか。しかしその中で悩みながら探り当てたどり着いた結果は人生の宝ともいえる経験であるはずです。そこに私利私欲の先走りがあってはならないのです。ご自分の心や行動をよく分析して我が身可愛さに逃げていないと思えるなら、神様は必ず道を示してくださいます」

「これからはどんな困難にも負けません。私の持っている知力・体力・愛の限りを尽くしてこのふたりのために生きていきます」

男性は祈りを終えて、新しい家族とともに帰っていきました。

その夜、村上神父は寝室でセルマに話しかけました。

「あの男性は色々なことがあったと言ってたけど、部下の男性はどうなったんだろうねえ？　仕事とか事情の変化はあったのかねえ……私は人生経験が乏しいからね、神父として困ったものだ。

でもまあいいだろう。神の導きがあったわけだから。こんなこと言っちゃ不謹慎だが、高等な問題に関しては私になんかわからない大きなところで神の御意志は働いているんだ。今日お前と私がふたりここで温かく平和に眠ることができることに感謝しよう。そしてできればこの教会にこれからも訪ねてくる人に良きアドバイスができますように」

セルマはとても優しいまなざしで村上神父を見上げました。

セルマの病気

村上神父が森の中を歩いていると、どこかで何かの声がしました。深くて暗い森でいつか来たことがあるような、見覚えのあるような気はしましたが、どこの森だかはわからないのでした。木の四角いテーブルがあり、その上に枯れた枝や枯葉のごみが沢山のっているので、ああ片付けなくちゃと思った時です。

ウォ～ン、ア～ン、ア～ア～ン……。

変な生き物の声だと思ったら、目が覚めました。

ウォ～ンア～ア～ン。

今まで聞いたこともないような声を出して鳴いているのは、セルマでした！　見るとセルマが前足だけでいざっています。水を飲みたいようなのですが後ろ足が立っていません。

「え！　どうしたんだ、セルマ！」

セルマはアオ～ンとうなりながらなんとか水の入れ物までたどり着き水をがぶがぶと飲みました。それから少しは落ち着いたものの体が痛いのかウーンウーンと声を上げています。

「かわいそうに。今日病院へ連れていくからな」

動物病院の先生は診察台のセルマを診察して言いました。

「椎間板ヘルニアです」

「え！　犬にもあるんですか！」

「当たり前です。短毛の犬種でこれだけ太っていると……冬になりやすいんです。やせさせなさいって言ったでしょう！」

「はあ……」

ドクターは診察台のスイッチを入れてセルマの体重を測りました。

「16キロ！　5キロオーバーです」

「そうですか。散歩が嫌いな犬で……」

「でも、もう散歩は無理ですよ。歩けませんからね」

「治らないんですか!?」

「下半身の神経がマヒしています。手術して治す場合もありますが成功率は50パーセントです。その場合もし失敗したらもう一生このままです」

「………」

「冷やさないで常に温める。食事もゆでた野菜なんかを多く食べさせることですね」

「そうすれば治る可能性もあるんですね」

「わかりませんが、全く治らないとは言えません。でも治るまではトイレが大変でしょう。犬用のおむつがありますからそれを使ってみてください」

大変なことになってしまいました。

セルマは病気になってからも全く食欲が衰えなかったので、村上神父は獣医さんに言われたようにキャベツやトマトを煮てセルマに食べさせました。セルマはお腹が空きまくりましたので、この際、野菜でもなんでも食べました。

そうだ、庭に花だけじゃなく野菜を作ろう！　なんで今まで気が付かなかったんだろう！と村上神父は考えました。で、葉物類の種をまきました。春はトマトやキュウリも植えよう。

セルマの下半身は冷たくなっていました。このままでは本当に歩けなくなってしまうかもしれない！　村上神父は毎日セルマの下半身を温めてマッサージしました。足の裏の肉球も使い捨てカイロで温めマッサージしました。

原田氏からデートのお誘いがあったので事情を説明しました。そういうわけで今はちょっと出かけられないと言いました。

すると原田氏が時間を作ってお見舞いに来てくれました。

「やっぱり太りすぎだったんだろう」

「そうなんだよ。でもゆで野菜を食べさせるようにしたらもう2キロも減ったんだ」

「そうか。僕はダックスの健康管理にはとても気を配っているんだ。どんなに長生きしたって犬は人間ほどの寿命じゃないからね……僕がダックスの健康管理を任せているドクターは大変優秀なんだ。犬の椎間板ヘルニアにどういう治療法があるのか聞いてみるよ」

そういうわけである日原田氏はある装置を持って、また訪ねてきてくれました。それは犬用の車いすのごときものでした。胴に固定すると後ろ足の代わりに車が回り自分の力で前足で歩くことができるのです。

その犬用車いすをセルマにちょうど良くフィットさせるため、一度病院で調整したほうがいいということで、原田氏は村上神父とセルマをダックスのかかりつけのドクターのところへ連れていってくれました。

とてもきれいで広い気持ちのいい明るい病院で、超都会的な美人の女性が受付でした。

「こちらがセルマちゃんね。まあ、ぽっちゃりちゃんなのね。頑張りましょうね」

中に入っていくと、広い待合室があり何人かの犬や猫を連れた人々が待っていました。でも原田氏と村上神父はその人たちより先にすぐ呼ばれ、診察室に入りました。

「この子かい？」

とても快活で親切なドクターがニッコリ笑いながらも心配そうにセルマたちを迎えてくれました。

「うーん、やせないといけないね」

原田さんが村上神父を励ますように見ました。

しばらく診察してドクターはこう言いました。

「やせること。5キロ。それから毎日なるべくマッサージして特に後ろ足をよくマッサージすること。温めること。そしてこの犬用車いすをつけて、本人が歩きたいだけ歩かせるんだ」

ドクターが調節すると、セルマは診察台の上を前足でぐるぐる歩き回りました。後ろ足は床にだらんと着いて引きずられています。

「ここを見て。後ろ足が床に着いてるだろう？　これが神経に対して刺激になるはずなんだ。痛み止めの薬はもらってる？　歩きたがらない時も飲ませてみて」

「先生、セルマは治りますか？」

「うーん、治ると断言はできないけれど、やせるのとマッサージ、温め、それから車いす歩行を毎日頑張ったら、治る可能性は十分ありますよ。まだヘルニアになったばかりだからね」

こうして村上神父のセルマの介護が始まりました。

「セルマ、良くなるといいな。人間の介護の練習みたいだけど私の初めての経験だよ。頑張ろうな」

村上神父は書物を読む間もセルマの足をマッサージし、温めました。また車いすをつけてカーペットの上を歩かせ、昼間は庭も歩かせました。

食事は大分、野菜を取り入れて食べさせました。夜もセルマが呼んでいる時は、世話をし、下の世話も頑張りました。そして神様に祈りを捧げました。

セルマは、なんと少しずつやせ始め、ある時、村上神父はセルマの顔がかわいくなっているのに気づきました。

「セルマ！　……可愛いな！　やせたら顔が女の子になったじゃないか！　よかったなー。本当は何歳なんだ？　本当に可愛いなー」

村上神父はこの世に生きるもののいろんな表情の可愛さを思いました。守る！　何としても。

減量と村上神父の献身的マッサージや車いすでの運動が功を奏したのでしょう。何と3か月で！　セルマの後ろ足はまた元気になり歩けるようになったのです！　ある日車いす歩行をしている時後ろ足が引きずられるのではなくちゃんと肉球を床につけている瞬間があるのを村上神父は発見しました！

「偉いぞ！　セルマ！　頑張った甲斐があったね！　もっと歩けるようにあと少しだ！」

村上神父は本当に喜びました。それからも毎日マッサージも温めもダイエットも車いす歩行も欠かさず続けました。

とうとう車いすはなしで良いとドクターのお許しが出ました。太らないように食事に気を付けることや後ろ足の温めとマッサージ、適度なお散歩は必ず毎日行うようにしましたが、セルマが後ろ足を引きずることは無くなりました。この大変な出来事のお陰でセルマは以前と違って散歩をするようになりました。もう何が何でも散歩を嫌がるということは無くなったのです。

「大変だったけど散歩できるようになっていいこともあったなァ」

と村上神父はセルマに話しかけました。

「第一、やせてる顔が可愛くなったし」

セルマの飼い主

セルマが散歩できる犬になったので、村上神父はある日、教会から大分歩く駅の方まで買い物に行くのにセルマも連れていきました。ゆっくりではありますが、セルマは何とか歩けました。

「セルマ！　よく頑張った！　ここで待っているんだよ。すぐ買い物をして戻ってくるからね」

村上神父はセルマのリードをスーパーの外の柵に結び付けて、買い物に行きました。するとそこへ太ったおやじが現れました。ゆっくりセルマに近づいてきて、じっと見ています。顔は、まあお酒の飲み過ぎでむくんでるような感じです。

セルマは全然気にしないで、早くお店から村上神父が戻ってこないかなー、と待っていました。おいしいものを何か食べさせてくれるかなー。このごろはゆでた野菜を食べることが多いけど、なんでもいいから食べたいなー、お腹が空いてきた感じ……。

ところが太ったおやじはしばらくセルマのことを見ていましたが、やがて近づいてきて言いました。

「桃子だべ。どこさ行ってたんだ！　無事だったかー。おらと一緒に行ぐべ」

おやじがセルマのリードの結び目をほどいていると、村上神父が買い物を終えて出てきました。そのおやじの顔を見た途端、村上神父は何かアレ？　と思いました。

彼の顔はさっぱりしてなくて、ブクブクしていて、人懐こそうだけど不潔で、村上神父が初めて出会ったころのセルマと雰囲気が全くよく似ていたのです。

「あなたはどなたですか？」

そのおやじは池田さんという人でした。年は56歳。どうやら正真正銘セルマの元の飼い主だったようなのです。

池田さんは秋田県の出身。中学を出てマグロ漁船に乗り込みました。辛い仕事に耐えてきましたが40代のころ体を壊し、船を下りました。それからは道路工事などの日雇いの仕事をしていましたが、ある日仕事に行った先の道路際のペットショップのショーウインドーでまだ子犬だったセルマに出会ったそうです！

「なんてめんこい娘だべ、と思ってよ」

それで池田さんはお金を貯め、16万円で子犬を購入し、桃子と名付けたそうです。

「セルマは、本当は桃子という名前だったのか……」

今はやせて麗しい女の子の顔になった桃子は、村上神父にとってはセルマの方が似合うような気がして、勝手に命名してました……。

「セルマってつけたんだ……。でも桃子ってついてるからな、名前はオラが……」

桃子が池田さんとはぐれたのは、それから2年後のことでした。桃子はいつも池田さんと同じものを食べ、コンビニのソーセージやパンでどんどん成長し太っていきました。そのころ、池田さんは韓国人の女性と仲良くなったそうです。アパートを借りて桃子と3人で住みました。稼いできたお金は全部彼女に渡し、狭いながらも楽しい我が家だ、と池田さんは思っていました。

しかしある日、仕事から帰ってみるとアパートは空っぽでした！　女性も少しの家具も渡してあった貯金通帳やハンコも全部なかったのです！　空っぽの畳の部屋に桃子がひとり座っていたそうです……。

貯えも着替えさえも！　なくしてしまった池田さんはアパートも追い出され桃子とふたり、ホームレスになりました。池田さんは日雇いの仕事をしながら桃子と河川敷に住んでいましたが、昼間お腹を空かせた桃子が迷子になってしまったために、池田さんが帰った時にはもういなかったのです。

「そういうことだったのですか。大変な目にあわれましたね」

「桃子、行ぐべ」

「あの、セルマは……いや桃子ちゃんは病気だったんですよ。つい先週やっと治ってきて歩けるようにもなったんです。今までの食事じゃダメなんです」

「桃子が病気？」

「椎間板ヘルニアになって歩けなくなって大変だったんですよ！」

「もう治ったべ。行ぐぞ」

「ダメです！　まだ治ったばかりで。食事を気を付けないと、またすぐなってしまいますよ。ゆでた野菜をたくさん食べさせないと。それに、毎日後ろ足を温めてマッサージしないとだめです」

「ゆでた野菜？　ゆでられるわけねっぺ。川に住んで」

すったもんだした挙句、説明は大変でしたが池田さんは何とかわかってくれました。そして仕事を探して部屋を借り桃子にゆでた野菜を食べさせて足を温めてやることができるようになったら、桃子を教会に迎えに行くということになりました。

別れ際、池田さんは桃子を未練たっぷりに撫でていましたが、桃子の方はさして反応も示さず、村上神父の足に顔や体をぶつけて安心しているようでした。

「セルマ、あの人のこともうあまりなんとも思っちゃいないんだね」

村上神父は人間でも動物でもたましい同士の出会いと別れに様々なタイプがあるんだな、と思いました。

しかしそれにもましてわかりきっていたことですが、可愛いセルマは預かりものだったということ、本当の飼い主が現れた以上いずれ返さなくてはいけないんだという現実に村上神父はショックを受けました。悲しみの池に放り込まれました。

邪悪な心だとは知りながら本当に池田さんはセルマの飼い主なのかどうか、確かめたくなりました。池田さんが言っていたペットショップがある町のあたりに行ってみました。

そしてペットショップを見つけ事情を話し、今自分が飼っているビーグル犬を池田という人物がこの店から買ったかどうか調べてもらいました。すると確かに4年以上前池田さんはそのお店に16万円払って桃子を買った記録があったのでした。

あー。

セルマはあの男のものなのだ。

こんなに可愛い、私の孤独な生活にいつも活力を与えてくれた相棒。でも今までありがとう。逆に感謝だね。

でも彼は本当にセルマを飼えるだけの環境を整えて迎えに来るだろうか？　こんな大病をしたのだからセルマの身が心配だ……。

ああそれにしても……私は迷える人々に真実の道を示す神のしもべの身でありながら、こんなことくらいで動揺してしまった、この心の軟弱ぶりはどうだ……神様私はまだまだ至らぬものです……。

村上神父はいつにもまして祭壇の前に深く頭を下げて祈ったのでした。

さて、村上神父とセルマと別れた池田さんは、また桃子に会えたと再会を喜んでいました。ちょっと自分になつかなかったのは気に入りませんでしたが、それ以上に会えた喜びの方が大きかったのです。

早く金を貯めてまためんこい桃子と暮らすべ。ホームレス仲間にも桃子と出会ったことを話しました。やる気バリバリ全開で日雇いの仕事を取りに行く池田さんを見てみんな、犬と暮らしてえんだってよ、とうわさしました。

池田さんは56歳でしたが年よりだいぶ老けて見えました。長年のホームレス生活や買い食いの食生活、お酒の飲み過ぎなどでむくんでガサガサしていたのです。そして……頭の方も……段々衰えていました。日雇いの仕事でももう難しいことはできず、ごみや瓦礫の片づけで雇ってもらえました。なので、お金はそう簡単には貯まりませんでした。

ある仲間が、パチンコで現金を増やせばいいじゃないか、と池田さんに教えました。パチンコで物をいっぱいとって、それをみんなに売ればいいのさ。その日池田さんは体がしんどいと感じていました。パチンコをする方がずっと体には楽です。じゃ今日はパチンコで稼ぐべ。

しかしパチンコはそううまくいきませんでした。1万円を5万円くらいにしようと思っていたところがあっという間にすってしまいました。

池田さんは夕方には酔っぱらっていました。そして昼間行ったパチンコの店にやってきて、この店は悪魔だ！　と叫びました。俺の金をとりやがって、俺と桃子が一緒に暮らせないの、どうしてくれるんだ！　悪魔の店だ！

通りかかる人々も酔っ払いがとぐろを巻いているのでちょっと眉をひそめて通り過ぎていきます。

ガーン！

とうとう池田さんは日本酒のカップを店のガラスにぶつけ、ガラスに大きくひびが入ってしまいました！

パチンコ屋の店員が出てきて池田さんを取り押さえ、警察が呼ばれました。

こうして池田さんは拘束され器物損壊ということで裁判にかけられ、ガラスを弁償することとなりました。池田さんが破損したガラスは大きくひびが入っただけですが、お店のガラスで大きな1枚だったので40万円かかることがわかりました。池田さんにはすぐには払えない額でした。秋田の実家の方へ連絡が行きました。が、もう何十年も音信不通になっていた池田さんのために40万円を払おうと申し出てくれる兄弟も親戚もおりませんでした。刑務所にでもなんでも入れてください、と電話口で断られました。

「おらの桃子を預かってる先生がおるべ」

池田さんの話を聞いて刑事さんは地図を調べて山の上教会にやってきました。

「お宅に桃子という犬を預けていると池田という男が言ってるんですが……」

「はい！　うちではセルマと呼んでいますが確かに預かっておりますが……」

こうして村上神父は池田さんが警察のお世話になっていることを知りました。

刑事さんの案内で池田さんに会いに行きました。

「どうしたんですか、池田さん。ガラスを壊しちゃいけないでしょう」

「んだな……金を増やそうと思って……」

「パチンコで増やすのはあまりうまくいかないですよ」

「んだ……いかなかった」

「ご家族はお金を出してはくださらないのですか？」

「もう何十年も帰ってねえからな……」

「私にもお金はありませんよ……」

池田さんは村上神父に、今度会いに来る時は大人の漫画週刊誌を持ってきてくれ、と頼みました。

結局、池田さんは半年間刑務所に入ることになりました。

それからは、村上神父は池田さんのこともしばらく神様に祈りました。

「神様、池田というあの男はこの世のルールにただついていけないだけなのです……。悪気はなく……」

セルマの写真を撮って持っていくと、とても喜んでいました。言われた通り漫画週刊誌も差し入れしてあげました。

やがて刑期が終わりました。

村上神父は行く当てのない池田さんを教会に連れてきて、仕方ないので物置を片づけて寝られるようにしました。そして翌日から毎日就職活動を開始しました。最初は村上神父もついていって口添えしたりしました。しかし、どんな仕事も前科があるとわかると断られました。池田さんの就職は逮捕される前より数段難しくなってしまいました。

ある日外から帰ってくると池田さんが言いました。

「先生。おら船員の保険があるから65歳になったら年金がもらえるだよ。それまで何年かホームレスで暮らすから、桃子の面倒を頼むわ」

「え？　ホームレスに戻らないで仕事探しをしていいんだよ」

「んにゃ、無理だべ」

「ホームレスって、その……体も大変でしょう。65歳までって……」

「仕事が見つかったら桃子迎えに来っからさ……」

池田さんは悲しいとも寂しいとも違う、普通の顔をしてそういうと本当に出ていってしまいました……。

行く時池田さんはセルマを抱いて頭をなぜたりしましたが、セルマも取り立てて感情を表すでもなくじっと我慢しておりました。

ああ、人と犬の出会いと別れとはどういうことなのだろう。このように淡々とせっかく再会できたのにまた別々になるなんて。村上神父は、元の飼い主だったはずの池田さんと犬のセルマの生きる世界が、もはや同じではなくなってしまっていることを感じました。

やっと歩けるようになったセルマを池田さんとのホームレス生活に送り出すことは、村上神父にはとてもできませんでした。

光になる

ある日村上神父は祭壇で祈っておりました。

するると、「あなたは光になりなさい」という言葉が頭の上から降ってきました！　心の中に湧いた、とも言えますが、その言葉が思い浮かんだのです。

「あなたは光になりなさい」とはどういう意味だろうか。なぜそんな言葉が聞こえ、耳を捉えてしまったのだろう。

　村上神父はしばらく考えていました。

そしてこの教会の中だけに籠もっていないで外に出なくてはならない、という考えが思い浮かびました。今まで神の道具として人の役に立つのが仕事の身でありながら、より人と近しく触れ合うのが怖くてこの教会にやってくる人の相談しか受けなかった。でもそれは全力で仕事をしていることにはならない。もう少し力を出さなくてはいけないのだ……。

ああ明日、外へ掃除にでも行ってみようかな、と村上神父は思いました。セルマと夕食のひと時を過ごしながら明日は午後出かけるから忙しいよ、とセルマに話しかけました。

セルマは比較的元気なので、尻尾を左右にぶんぶん振って喜びました。

翌日午前中に教会の掃除を大急ぎで済ませると、村上神父は掃除用具とごみ袋を持ってセルマを連れて川の土手の並木のある所へ出かけました。そこは川が見えて気持ち良く、並木の木陰もありベンチもありました。ただ、いつもごみが散乱していて汚かったのです。村上神父は1本の木にセルマのリードを結び付けると、どんどんごみを拾い雑草も取りました。かなり頑張って半分くらいきれいになりました。

次の日も午後には同じ場所に来て掃除の続きをしました。今日は先客がいました。高校生の男子でした。ひとりでベンチに座って一心にゲームをしています。村上神父が掃除をしているのが鬱陶しいらしく、ちらっと見たりしていました。

青年の近くにも色々ごみが落ちているのですが、村上神父が掃除しているのを見ても青年はどいてくれるでもないので村上神父は話しかけました。

「面白そうだね」

青年は迷惑っぽい顔をして別のベンチに移っていきました。

村上神父は気にしないで掃除しました。

掃除を終えてベンチに座りセルマの足をマッサージし始めました。

「ずいぶんよくなったけどマッサージしとかなくちゃな。油断大敵！　気持ちいいか？」

青年はゲームしながら、村上神父とセルマをチラ見しました。

セルマは足を隅々までマッサージしてもらってとても心地よくフォーンオンオン……と声を出しています。その声がおかしいので高校生はセルマを見てフッと笑いました。あまりにもセルマがおかしな声で鳴き続けるので、高校生は我慢できずに話しかけました。

「おもしれー、そいつ」

「やっと歩けるようになったんだけど下半身マヒだったんだよ。だからこうして毎日マッサージをね」

「歩けなかった?」

村上神父は頷きました。

高校生はセルマの女の子らしい顔を見て同情しました。

「へー。よかったなー、治って。犬が自分で歩けなくなったら最悪だもんな」

「でもマッサージは毎日欠かせない。散歩もね」

「お前いいな」

高校生はそっと手を伸ばしてセルマの頭を撫でました。セルマはハアハア息をして彼の手をなめたりしました。

「好きだったら飼えばいい」

「そんな金ないし……」

「実はこの犬も預かってるんだ。迷い込んできてね。もし飼う人がいなかったら保健所に送られて殺されてしまうんだよ。人間のペット用に生まされた犬が飼う人がいなければ物のように焼却されるんだ。人間は悪魔のように罪深い」

「………」

「だからね、保健所に行けば引き取ってやれる犬はいるんだよ」

この話を村上神父から直に聞いて高校生の中に心を動かす強い何かが生まれました。

次の日高校生はいつもの日常生活を送りながら保健所にいる犬のことが忘れられませんでした。ぼんやりした薄紫色の雲のように高校生の頭のあたりを漂っているのでした。飼わなきゃだめだ。1頭でも。

それから高校生は、保護犬に会いに行ける場所や飼い方など色々調べました。そして準備を整え、ある日出かけていき大き目のおとなしい黒い犬を引き取りました。優しい顔をした女の子だったのでダリアと名付けました。

家では母親に大反対されましたが、彼は全く聞く耳を持ちませんでした。

「お母さんも犬は好きよ。でも犬を飼うって大変なのよ！　散歩に予防注射に、時には洗ってあげて。毎日のことでお金だってかかるわ。いい点だけじゃないのよ。それに保健所に送られた犬を、これから受験を控えているあんたが、なんで救ってやらなきゃならないの？　受験が終わって、そのころでもまだ飼いたいかどうか考えてみればいいじゃないの」

「受験が終わってからなんて言ってたら、この犬はもう殺されちゃうよ！　俺が今日会った犬たちは、1週間後には誰も飼ってくれなければ殺されるんだよ！　わかってんの？　受験が終わったらなんて言ってる暇ないんだよ！　俺だって1頭しか飼う自信ないから、こいつだけしか連れてこれなかったけど。それならペットとして繁殖させて、飼うやつがいないなら焼き殺すってそのシステムをなんとかしてよ！」

「そんなことお母さんに言ったって、お母さんにどうにかできるわけないでしょ！　お母さんがそういう風にしたわけじゃないし……」

「ねえ、自分がしたんじゃないって言って、目の前で起こってる残酷なことに何もしないってのも、ある種の無責任なんじゃないの？」

「……どうしてそんなにお母さんを攻撃するわけ？　一番あんたのこと考えてるの、お母さんなのよ！」

結局、高校生は自分の意志を通しました。お母さんも後見人として署名してくれました。

彼は、犬を飼うためにネパール料理のレストランのアルバイトも始め、本当に忙しい毎日となりました。しかし、自分が守ってやらなければならないダリアという存在ができたおかげでものすごく毎日の張り合いができました。特に、朝の散歩や学校から帰ってからの自分が救ったダリアとの時間は、高校生にとって心がみずみずしくなるような時間でした。

彼は友達がいないようなタイプではありませんでしたし、いやなことは割とはっきりと

「俺はいいや」と言える男でしたが、特に誰とも自分の内面を共有できる人はいなくて、いつも自分で自分のことを決めていました。なので、いつも優しい態度で応えてくれるダリアは、言ってみれば初めての親友のような気がしました。そして愛するものと生きていく、そのために腹を括るとはどういうことなのか、初めてわかり始める入り口に立ったような気がしました。すごい気持ちの変化でした。するとほかの人もしっかり考えて動いている人と、そうでない人が少し見えてきました。いろんな人のいろんな様子、今まで気づかなかったことが見えてきたのです。

犬とか家族を支えようと思ったら、細かなことひとつひとつにも判断があるものです。無駄なことをする余裕はないからです。くたびれた顔をしているけど、ちゃんと考えてひとつひとつ判断している人。家族持ちのサラリーマン、サラリーマンの妻、その家に生まれた子供、という役（形）にただぶら下がっているだけの奴ら……。今まではそういう視点がなくて、自分もフラフラと不安でした。

ある日、また川の土手にダリアを連れて散歩に行き、ばったり村上神父とセルマに会いました。

「おお！　君、犬を連れてるね！　飼ったのかい？」

「うん、俺も保護犬を引き取ってきたんだよ。名前はダリア。メスなんだ」

「そうか！　なかなか人懐こい犬だね。きっと以前は誰かの飼い犬だったんだろうね」

ダリアは村上神父をクンクンと嗅いで、鼻をこすりつけました。

村上神父はダリアの頭をなぜました。ダリアは本当に穏やかな犬でした。

「誰が飼っていてどういう理由で捨てたのかわからないけど……こいつ何も話せないから」

「そうだよねえ。動物が人間みたいに言葉を話したら、そりゃもう彼らにもそれぞれいろんな事情があったんだろうなー、と思うね。でも過去のことを愚痴るでもなく前を向いて生きていくだけなんだ」

「本当にね」

こうして、村上神父との出会いは高校生の生活に〝大変化〟をもたらしました。

人とペットの出会いとは、あとから振り返っても大きな思い出となるものです。動物は何も言わずほとんどの場合ただ献身や愛情や、どんなことがあっても前向きに生き続けようと頑張る姿だけを見せてくれます。

男の仕事と不満足な人生

ある日村上神父の山の上教会の住居部分のお風呂が使えなくなってしまいました！　どうもガス臭い気がしたのでガス会社に電話をしたら、調べに来てくれました。どこかの部分でガス漏れがあるようなのでガスを止めてその場所を突き止めて修理しなくてはならないということです。

ガス漏れ！

おお神様。事故にならなくてよかった。私もセルマも大変なところでした！

念のため今夜はコンビニのおにぎりにしました。セルマは無論ドッグフードです。

明日もまだ庭に埋まっているガス管を掘り返してすべて点検するということなので、問題はお風呂です。街を探検する楽しみもかねて銭湯に行ってみることにしました！

村上神父の住んでいるこの街には商店街にお風呂屋さんが1軒ありました。あずま湯と言います。

中はとても明るく清潔でした。カウンターでお金を払いお風呂に行く前にちらっと見ると居酒屋コーナーのようなスペースがあります！　焼きそば・焼き鳥・枝豆・ビール・お茶・牛乳など色々売っていて、ちゃぶ台が並べてある畳スペースでいただくことができるのです。

これは楽しい！

村上神父はワクワクして、まずお風呂に入りに行きました。

ああ、広いお風呂というのもいいものです。

人間は水という物質でずいぶん解放された気持ちになれるものだなー、と思いました。海や川など広い水辺の景色を見ても心が解放されるものです。一杯のコップの水も本当に人を生き返らせるわけですし、ましてお風呂は人間の心と体の両方をよみがえらせてくれます。体も洗ってきれいになりますし。

村上神父は大きなお風呂に入り、またジェットバスやサウナにも入ってみました。贅沢な気分です。

お風呂から上がるとビールと枝豆と焼き鳥と冷ややっこを買い求めて、ちゃぶ台スペースに行きました。そこでのんびりとビールをいただきました。

すると向こうのちゃぶ台にいる丸顔の男性がこちらを見ていました。年は60代といったところです。村上神父と目が合うと自分のビールを持ってこちらにやってきました。

「あの、教会の方ですよねえ？」

「はい、山の上教会の村上と申します」

「私は内田と申します」

その男性はこの銭湯から数分のところに住んでいるとのことでした。自分のうちにもちろんお風呂はあるけれど、こちらの銭湯に毎週来ているそうです。

「私は色々考えてることがあるんですよ」と、内田氏は言いました。

その後教会の居住スペースのお風呂が使えるようになってからも、村上神父は時々あずま湯にやってきました。広いお風呂とその後の軽い1杯が気持ちよかったからです。内田氏にも何回か会いました。

会うと夕飯を兼ねて一緒にビールを飲んだりほかにもこの銭湯で顔を合わせるこの街の何人かの人たちと知り合いになりました。八百屋さん、洋品店の御主人、スナックを経営している男性、お豆腐屋さん……。

そんなある日、内田氏がひょっこり教会にやってきました。

「やあ内田さん。来ていただけるとは嬉しいですよ」

内田さんは少しだけやせてきたように見えました。

「実はあなたにお話がありまして」

内田さんのお話はこうでした。実は自分はがんであり、再発したので入院するとのことでした。

「そうだったのですか。お辛いことでしょう……神のことばでは試練と申しますが……なるべく心を穏やかに保って試練に打ち勝っていかれますように、私もできるだけお支え致します」

すると内田氏は、「すみません。実は私は……」と心の内を吐露し始めました。

「私は現役時代大手のメーカーに勤務していたんですよ。アメリカで10年ほど働きました。あっちで娘もふたり生まれました。

日本に帰り、その会社で働き続け日本国内で単身赴任も経験しました。ようやく定年を迎え退職しました。子供たちも一人前になり父親としての責任は果たしたつもりです……」

それから内田氏はちょっと黙ってしまいました。

「しかし……何か納得できないことがおありなのですね、人生に？」

「納得できないというわけではないんだけど……。仕事は、あれはああいうものだった。色々なことがあったけど、乗り越えてきた。そして家族を養い経験も積んだ。しかし大きな会社の中にいるということは個人の充実感というのとは違う。で、自分の店を出したのです」

「ほう！」

「スパゲティとコーヒーを出す小さな店です。私はこのふたつにはちょっとばかり自信があったので。退職金を全部つぎ込んで開きました。妻や娘たちには内緒でした。バレた時には騒がれましたが私の人生です。意志を貫き通しました。

しかし、店は2年半で立ち行かなくなってしまいました。退職金を全部使い果たした以上、この上借金までして店を続けることはさすがにできず、店をたたんで今はおとなしく家で家内とふたり、年金生活です。私はがんで、これからどうなるのかわかりません。私の人生はいったい何だったのでしょう？」

「内田さんに一番近しい方、奥様は何とおっしゃっていますか？」

「家内は……私の世話はしてくれています。しかし、退職金を使ったことがとても不満だったようです」

「奥様になぜ相談なさらなかったのですか？」

「……賛成するわけない。私は絶対にチャレンジしたかったのです」

「内田さんにとって、ご家族とは何でしょう？」

「さあ……男として養うべきもの、ですかね」

「ではあなたはご自分のプライドのためにご家族をお持ちになったのですか？」

「そりゃそうでしょう。妻子を持って養ってこそ男は一人前だ。それに一生ひとりは寂しくもあるし」

「ではご家族はあなたのために存在するとお思いですか？」

「それは私から見れば私にとってはそうです」

「うーん、自分の家族を持たない若輩者の私が内田さんに申し上げるのもなんですが、そのところがそもそも間違っていますよ」

内田氏は、なんだ？　という怖い顔で村上神父を見ました。

「長年そう考えて生きてこられた内田さんに、今こう言ってもなかなか理解しにくいことでしょうが、人の一生とは誰かの幸せのために役立てたら幸せだと思えてこそ、幸せを感じるものです。あるいは、やってみたいと思うことをやってみるのでもいいのですが」

「だから店はやった」

「ええ、でも手持ちのお金が尽きた時点でやめられたわけでしょう」

「そりゃそうですよ」

「そして今はご自分の病気と闘おうとしていらっしゃる。その闘いを支えてくださる家族がいらっしゃる。そこに感謝の気持ちが芽生えませんか？」

「それは感謝してもいるが、私がこれまで働いて養ってきたのだから、今度は私を支えるのは言ってみれば当然のことでしょう。何のために人生を犠牲にして家族を養ってきたのか、わからない」

「さっきあなたは自分の男としてのプライドのために、一人前になるために、家族を養ってきたとおっしゃった。すべてご自分のためであって、自分の得は抜きにして家族に尽くしたわけではない」

「そんなこと、できるわけないでしょう。なんで自分の得を考えないで、家族を持つんです？」

「えーっとですねー、家族というものはですね、この人のために働いたり頑張って幸せにしてあげたいなー、この人、こんなに可愛らしい女性ならこの人を喜ばせたい、幸せにしたい、自分にできる方法で……と思った時に家族をつくるべきだと私は思います。それでなくて、この女なら自分の妻として養ってやってもいいだろう、その代わり十分自分に尽くしてもらわなきゃ許さない、なんて上から目線で結婚生活を始めたら、そりゃお互い相手から奪われている、してもらってない感ばかり募って、不満ばかり数える生活になってしまいますよ」

「……確かに私は妻に、妻ならもっとこの命限られてる私に献身的にしてくれてもいいだろうと思っていますよ。不満ですよ。それが間違ってるということですか……」

「ええ、愛というものはこうしてあげたから代わりにこうしてもらいたいと、初めから要求するものではありません。見返りを求める行為は、愛ではないですからね。しかも愛のない人生に本当の幸せはありません。愛というのはしてもらうことじゃなくて自分が相手のために見返りを求めずにしてあげることです。自己犠牲です。それをしたいと思え、実行できた時本当の満足感が得られ、幸せになれ、ご自分の人生で何事か素晴らしいことをなすことができたと思えるのです。内田さん、あなたは今まで見返りを求めず自分を犠牲にしたことがありますか？　見返りを求めずに、ですよ？」

内田さんはそこまで言われて、ちょっと放心状態になりました。そしてうちに帰って考えます、と言って帰っていきました。

村上神父は夜セルマに話しかけました。

「仕事とはいえ内田さんにずいぶんズケズケ言ってしまったが……しかしあの人には時間がないかもしれないんだ。だからオブラートに包んだ言い方をしている暇はないと思うんだよ。

しかし、人間とは何なんだろう？　もし毎日生きていくのが大変でとても貧しい生活をしていたら、家族を満足に食べさせたいと思ったり、自分はどうなっても子供には苦労をさせない、と頑張ったりするんだよ。

しかし、食べていくお金があり生活が裕福だと、まず自分というものが大切になって相手にもっともっとしてもらうことを要求して、不満が増えて、感謝の気持ちがどこかへ行ってしまう。たとえお金があっても、ほとんど何も持たない人の感謝の気持ちや謙虚さを忘れたら、幸せからは遠ざかっていくということだろうなー。愛ほど人の心を温かく満たすものはないのだから、そこのところがきっと幸せのコツというものじゃないかなあ、セルマ！」

セルマは可愛い目をして村上神父を見上げました。セルマにはそんなことは最初からわかっていました。というより……生きていく余裕ができてプライドができるなんて感覚は、もともと持っていないのです。セルマには食べていけるかどうか、主人に愛されているかどうか、そして自分が主人を好き、の3つがすべてなのです。

村上神父は内田さんのような男性の人生について考えて、頭の中を整理してみました。

・家族に尊敬され愛されたい、と思っている。

・この世に生きて自分だからここまでやり遂げられたと思える素晴らしい目標を達成したい。

たぶんこのふたつがクリアされれば、ある一定の男というものは大体満足して死を迎えることができるのでしょう。

しかしこのふたつをクリアするためには、可愛い大切な自分を捨てて家族や仕事のためには場合によっては自分をすり減らしてしまっても構わないと思えるくらいの覚悟ができないと、頑張れないし、その先の心からの満足感も得られないのです。そのことを、毎日取り立てて命や人生の危機を感じないで生きてきた内田さんのような人に、どうすれば感じてもらえるのか？

ああ、だから神様は彼にがんという状況をお与えになったのかもしれない。とりあえず内田氏は、自分の人生とはどういうものだったのだろう？　と疑問に思うことはできたのだ。もちろんがんになる人にとってそれぞれその意味合いはそれぞれに違うだろうが。

本当に家族なんて難しいものだ、と村上神父は思いました。家族として毎日生活してたくさんの幸せ、楽しいことを共有したはずなのに、そのありがたみを感謝する新鮮さは失われ、逆に自分をもっと理解してくれない、と不満が募るのです。

「もっとシンプルに生きないと、ありがたいことがありがたいと感じられなくなっちまうんだろうなあ！」

と村上神父はセルマに話しかけました。

それから内田さんは何回か話しに来ました。

村上神父も家族が持てたことの幸せについて一生懸命話しました。

内田さんはやがて入院されました。村上神父が病院へお見舞いに行くと、痛みに耐えながら内田さんの人生の反省は続いていました。そしてある日、彼は言いました。

「村上さん、やっと気づきましたよ。俺という人間がいて、うちの奴という人間がいて、本当に奇蹟みたいに出会ったんですね。そしてこの人生を歩いてきて、子供も生まれた。

俺にかかわってよくここまで来てくれましたよ」

内田さんは家族と出会えたことや家族とのいい思い出を思い出して、自分はなぜもっとそれに感謝して味わわなかったのだろう、と涙を流しました。

「でも、家族の方と出会えた幸せに気づけて良かったでしょう？」

すると、内田さんは弱った体で考えているようでした。

ああ神様。この方はどのくらい本当の幸福というものを感じ理解したでしょうか？ あるいはこの人生の生命を全うすることの生きる意味としての不完全さを受け入れたのでしょうか。私の未熟な言葉で。

頭は朦朧とされているようですが、たましいに少しでもそのことが感じられておられるとよいのですが……。

そして村上神父はどんな時でもその人が理解しようがしまいが本当の心の持ち方、謙虚になるほど幸せになれる心の持ち方を人に示したい、と思ったのです。たましいが少しでもそのことを感じてくれるように。

その後内田さんは昏睡状態でいることが多くなり、村上神父も教会で祈り続けました。

3週間後には亡くなったそうです。

水沢ヒロコの頑張り

ある日村上神父が教会の中の片づけをしていると、ドアが開いて見覚えのある女性が顔をのぞかせました。

以前、ギターがうまく弾けるようにならないと言って泣いていた水沢ヒロコでした。

そういえばいつの間にか教会に来なくなり、もう1年以上経っていました。

「こんにちは」

「おお！　あなたでしたか！」

「覚えててくれたの？　うれしい……」

「あなたみたいな美人は特に忘れませんよ」

「あのね、今度の日曜日、暇？」

と言って、ヒロコさんは1枚のチラシを出しました。

「私は神父だからね、日曜日が本当は一番忙しいんですよ……」

「あ、そっか……そうだよねー。ごめん、ごめん……」

村上神父はそう言いながらも、渡されたチラシを読んでみました。そこにはプチ・ライブと書かれていて、バンドの写真なども載っていました。

「今度これに出ることになったの！」

ページをめくってみるとプログラムの後半のサリーバンドというグループのところに、ギター、水沢ヒロコの名前がありました。

「すごいじゃないか！　人前で弾くんだね！」

「エレキギターとアコースティックと両方習っていて、これはエレキギターの方。バンド名のサリーっていうのは、サリエリからとったの。神父さん、バンドなんて嫌い？」

「そんなことはないよ。たくさんは聴いてないけど嫌いなんてことはありません」

「夜なの。もしよかったら聴きに来てくれないかと思って」

「オーケー。行きましょう」

「本当？　うれしいな。私が練習をやめなかったの、神父さんに励ましてもらったからだから」

「本当ですか！　それは良かった。お役に立てて」

ヒロコさんはニコニコしながら、じゃ、と言って帰っていきました。

「オーケー。7時ね……行くからね」

村上神父も彼女を見送りました。

ライブ当日、村上神父はセルマを連れて夕方出かけていきました。会場は野外なので、犬を連れていってもたぶん大丈夫、とヒロコさんは言ってくれたのです。

40分も歩きやっとその会場が見えてきましたが、緑の木立の中にある木造の建物がステージになって、なんだかとてもいい感じでした。

「セルマ！ やっと着いたよ！ よく頑張った」

村上神父はちゃんとセルマの飲み水も用意してきたので、飲ませました。

あたりにはたくさんの若者や家族連れがきていて、和気あいあいとした初夏の夜になっていました。

プログラムは始まっており4人ないし5人のグループがステージに上がっては2曲ずつ披露していました。

やがてヒロコさんたちのグループの番になりました。司会者がサリーバンドを紹介しヒロコさんがギター。ほかドラム、キーボード、ボーカルがみんな女性で、ベースは男性の計5人でした。曲はサザンの何かとイーグルスの曲をやりました。ボーカルがなかなかのものでした。

ヒロコさんは余程ギターを練習したと見えて、ギターを体に近づけて抱えていましたが、パッセージをはっきりよどみなく弾いていきました。ドラムの女の子も難しいところはちょっとだけもたつきそうな部分もありましたが、かえって頑張って弾いていて可愛い感じがしました。

ヒロコさんたちが可愛いから、というだけでなく、演奏の醸し出す音の表情が可愛い感じで、それが観客を引き付けて今までバリバリのロックを披露していた若い男性たちや応援の家族組もみんな手拍子したり踊ったり、サリーバンドの演奏に引き付けられていました。

プロの演奏じゃなくてもずいぶん楽しいものだなー、と村上神父は思いました。

よく味、と言いますが……すごくプロフェッショナルじゃなくても、味があると人は和むものです。

それはどんな〝味〟なのか？

ヒロコさんたちの、このサリーバンドが醸し出す味は、少々不器用で朴訥かもしれない若い素直な女の子たちが、一生懸命演奏に挑戦している素直さと、ドキドキ感が伝わってきます。ほほえましくもあり応援したくなる姿です。

結局演奏はたましいを表すのだ、と村上神父は気づきました！　どんなに取り繕っても音の正体は隠せないのです。今大衆にアピールしているのは、彼女たちの素直さ・誠実さなのです。

特に斬新でも目を奪うようなカッコよさ、美しさじゃなくても。

ヒロコさんたちの演奏には見た目も含めてその誠実な温かさ、ひたむきさが感じられるので、みんなが応援したくなり楽しんだのだと思います。

その後ちょくちょくヒロコさんは教会へ遊びに来るようになりました。

村上神父がオルガンを練習していると、それを聴いていることもありました。

ある日ヒロコさんが言いました。

「アコースティック・ギターの方のレッスンでね、グループで合奏するんだけど、とっても上手な女の人がいるのね。でもその人、時々急に大きな声でイッとニイと……って数えながら弾くの！　それがあんまり大きな声だから、びっくりして私間違っちゃったりするの」

「へー。それはびっくりするだろうね。どうして声に出すのかな？　みんなが揃っていない、とか？」

「ううん、たぶん自分がちゃんとテンポ通り弾くためだと思う。だって難しくてまだ弾けない所は声でラーララーって歌っちゃったりするし。でも数えるのは本当にびっくりするからやめてくれるといいなー、と思うんだけど、誰も言えないの」

「困ったね……」

「私その人に、前どうして先生みたいに弾けないのか悩んだ時、ちょっと相談したことがあるんだけど……神父さんにも相談したよね、私……泣いちゃったりして恥ずかしい、あの時」

と言って、ヒロコさんは笑いました。そんなころがあったなーと村上神父も思い出しました。

「その時、あなた、よくそんなことを人に相談できるわねってその人に言われたの」

「へー！」

「私がどうしたらいいのか自分でわからなくて……って言ったら、自分の悩みを人に相談したら人に自分の弱みを握られるじゃないのって言われたの」

すごい、と村上神父は思いました。

「じゃ、ケイさんは……その人ケイさんっていうんだけど……どうしても自分だけじゃ解決できない悩みごとがあったらどうするんですか？　って私聞いてみたの」

村上神父もそこが聞きたいと思い、頷きました。

「そうしたらね、ケイさんは、もし自分で簡単にどうしたらいいのかわからないことが起こったら……ひとりで考えて考えて、よーく考えて……それでもわからなかったら……わからなくてもどれかの方法のひとつに自分で無理に決心するんだって！　それでやってみるんだって……だから誰にも自分の悩みを話すってことはないんだって！」

すごい！　……村上神父は思いました。

そもそも神父という役目は人の悩みごとを聞いて人として一番正しく愛に満ちており、それが結局はその人を幸せに導くような判断、生き方をアドバイスすることです。

でもその神父でさえ、人の子。時にはどうしようもない悩みにとらわれて抜け出せない時もあります。そんな時にはもっと偉い神父様のところへ相談に行くわけです。

しかし神様の教えの中にはすべてはその人と神様の間のことでしかない、というのもあります。

私たちは自分の悩みを他人に相談に行く。それは正しいことなのだろうか。本当は、自分で考え、心の中で神と対話しながら、自分で結論を出すべきではないのだろうか？

きっと、なるべくそうしなければいけないのでしょう。自分で考え、悩み、思案することによって、反省したり改善したりということもできるわけですから。自分だけで考え通すということは、他人に甘えないということです。たいていは、人間は弱い者で、ひとりでは立ち行かなくなってしまうから、家族や友人といった周りの人に相談しているだけなのです。

だけど悩んでいても遠慮して、悩みで疲れすぎて我慢して我慢して……違う方にふっと気持ちが行ってしまう人も、このごろはいるのだろうな。

やはり人に相談すればいいんだ。弱っている時はメンタルと体を休めるのが先決だ。やはり私の神父の仕事は大切だ……。

「そのケイさんという方は偉いですね！　自分のことは自分で処理してるんだから」

「でもね、そういう人だから、自分でよーく考えて行動してるから、ほかの人から意見を言われるってことがないの。よく考えて、決心して言わないと、言えないのね、ケイさんには」

「そうかもしれないね」

「プライドがあるから無駄話もしないし、用事がないのにお茶するなんてこともないの」

「そりゃ偉いね……」

「そう……だから、まさか声がうるさいから出さないで、なんて……言えないからさ」

「誰か彼女が言うことを聞かなきゃならないような偉い人はいないの？」

「ギターの先生ね」

「そうだね……色々難しいね」


こうして色々話をしに来るヒロコさんとの日々は過ぎていきました。

ある日ヒロコさんはやってきて言いました。

「ベトナムってどんなところ？　知ってる？」

「ベトナムは……内戦も含めて20年以上も戦争をしていてとても悲惨だったけど、今はずいぶん落ち着いて経済発展とか頑張っているんじゃないかな。テレビで見たけど、車の排気ガスは酷いっていう話だよ。急に車が増えちゃって」

「あのね、ギター仲間のお誘いでベトナムの子供たちの家でギターを弾くっていうのがあるの。それに行ってみようかと思って」

「いいじゃないか。どんな人たちのお誘いなの？」

「仕事でベトナムに行く人がいて、ボランティアの交流もしてるんだって」

「私はベトナムに行ったことはないけど東南アジアの国々も面白いと思うよ」

そういうわけでヒロコさんは音楽活動でボランティアをする旅に出かけました。ベトナムの子供たちにプレゼントするお絵かき道具なども持っていったようです。

ベトナムで見たこと

ヒロコさんは、ギター仲間とベトナムに行きました。とても暖かく冬なんかないみたいな服装をみんなしていました。

車やバイクが大変多く、日本だったらおまわりさんにおこられそうなくらいふたり乗りをしたり、隙間を縫って人々が行きかっていました。

訪問することになっていた孤児院で、ヒロコさんたちは歓迎されました。子供たちは元気そうだったので幸せになってもらいたいと思いました。

日本よりおおらかな感じのアジアの国での子供たちとの触れ合いは感動的でした。みんな素直で純粋で、ヒロコさんは日本の若者たちより自分に近いものを感じました。

孤児院訪問での演奏も無事終わり、ホテルに楽器を置いて着替えてから、ヒロコさんたちは今回知り合ったベトナムの人に夜の街に食事に連れていってもらうことになりました。

夜のハノイの町も面白かったです。活気がありワイワイガヤガヤ商売をし、みんな生活している、生きているという感じでした。

ただ中には物乞いもいました。特にヒロコさんたちのように観光客・外国人と見ると寄ってきて声をかけるのです。

その時ヒロコさんは見たのです。

何かが、いる。

黒くて……生物のようで……生きてる……けど……。

それはたぶん子供、でした……。

手も足も、途中から、ありませんでした。

ぼろきれのような破れた服を着ているようでした。地面に寝かされており顔は……やけどのようにただれて目もありました……確かに生きておりました……。

その横に茶碗が置いてあり、男がお金を入れてくれるように盛んに声をかけてました……。

背筋が凍り付くような光景でした！

あまり見ていられなくて目をつむりました。

歩きながら心臓がドキドキ鼓動するのが自分でわかりました。

一緒にいたギター仲間の年上の女性に聞いてみました。彼女は気づかなかったようですが、道案内してくれるベトナム人に聞いてくれました。

「……なんかお金をたくさんもらうために体が不自由な子供に物乞いさせるんだって……

え！　本当の親子じゃないかもしれない……なんか田舎の子供をさらってくるか買ってくるんだって！　その子の足を折って同情を誘って物乞いさせるんだって……」

「さっき生きてる動物みたいな人間みたいな子が寝かされて、そこで大人がお金って言ってたよ」

「……たぶんチャイニーズ・マフィアだろうって。彼らが一番残酷だって……」

ああ神様……。

ヒロコさんはクリスチャンでもなんでもないのですが、神様に話をする以外気持ちを伝えられる人がいませんでした。

あの子供は何のためにこの世に生まれてきたのでしょう？

ヒロコさんは思いました。日本以外の国では弱い立場に生まれたらここまでされてしまうこともあるのだ……それをすぐに助けるルールや意識もないんだ。生きるために動物をお肉にして殺してしまうように、生きるために人間の子供を切り刻んで、肉片にして、観光客の前にぶら下げているんだ。

その現実は本当にショックでした。

いつまでも心の奥の暗い黒い部分として沈んでいきました。

ヒロコさんは何もできない……と思いながら帰国しました。

そのことを教会で村上神父に話すと、村上神父もすごくショックを受けました。

ヒロコさんはそれ以来、ベトナムで見た光景が心から消えず、食もあまり進みません。もともとやせていましたが、また細くなってしまいました。ベトナムで見たことを思い出すと心がざわざわと震え目から涙がボロボロと出てきました。

村上神父はヒロコさんを抱いて支えましたが、どうすることもできず、ただ、祈りましょうと言いました。

「神様があの子にあんな目にあわせているとしか思えないの。それでなきゃ、なぜあの子があんな目にあわされているのかわからないわ」

「世界には抑圧されている人々を救おうと活動している団体がありますが、まだまだ救われていない人がたくさんいるんです。心を鍛えて力をつけて、強い人間になって闘えればね。私たちは今すぐには無力でも、少なくともその人たちのことを決して忘れない、いつも頭の中に入れておくしかないです。ある人は幸せに暮らし、ある人はそんな信じられないような目にあう。それを神様はどういうつもりでなさっているのか。私は、その子供はきっともうすぐ天国に行ってもっともっと美しい上の世界へと昇っていく、この悪行にまみれたこの世には、もはや二度と生まれ変わって戻ってこないたましいなのだと思いますよ。そのくらい、彼の苦労は凝縮し尊いものなんだと……」

ヒロコさんは何も答えられませんでした。後から後から涙があふれ続けました。

この世には酷いことがいかに多いことでしょうか。人間は歴史を重ねるにつれていかに悪行のページをさらに強烈な悪行の内容で塗り替えていることでしょうか。

人間が死に絶えてしまったら一番平和になる、といった人もいます。確かにそうかもしれません。お騒がせの生き物、人類。でも正しくなろうと、清らかになろうと、犠牲になろうとする心を持ってもいるのです。それに人間の力で人間をこの世からなくすことはできない。それができるのは神様の力の領域でしょう。

生きている限り苦悩の毎日。それがこの世で生きるということです。

毎日の些細な喜びで忘れているけれども、自分には想像もつかない悪がこの世に存在していると村上神父は思いながら祈りを捧げました。いつか私が役立てる時が来たら私をその地に差し向けてください、と。

主婦のお悩み

ある日村上神父がオルガンを弾こうとしていると中年女性が教会にやってきました。主婦、お母さんと言った感じです。村上神父の方へ嬉しそうにやってくるので、村上神父はベンチへ降りていきました。

「神父さん、オルガン弾いていらっしゃいますよねー？」

「はい、今も弾こうかと思ったんですが、何かこちらに御用でしょうか？」

「いえいえ、あのー、バッハを弾いてらっしゃいますか？」

「はい、バッハのフーガを弾いております」

「私バッハ大好きなんですよー。心が癒されます、ほんとに」

「私も同じです」

というわけで、村上神父はオルガンでバッハを弾き、その女性はベンチで聴くことに。

村上神父はオルガンを弾きながら、この女性は本当は何か話があってここへ来たんだろうなー……と思っていました。オルガンの椅子から後ろを振り返るのは結構大変なのですが、ちょっと振り返ると、ベンチに座って音楽に耳を傾けています。初老に差し掛かる年齢かもしれませんが、どこか生真面目な感じのする人で、上品な感じがしました。

30分も演奏したころ、また様子をうかがうと、女性はやはり心に傷を受けたように空を見つめていました。

村上神父はこの女性の力にならなければと思い、オルガンを弾き終えました。

村上神父が近づくと、女性は見上げて照れ臭そうに笑いました。

教会にいると様々な人間に出会う機会はそうは多くないのかもしれませんが、村上神父は最近、中年女性は服装に性格が出るなーと感じていました。中年ともなれば自分の好みの服装はある程度決まってきているでしょう。いつも一分の隙も無いようなゴージャスな格好をしている中年の女性は、よくも悪くも総じて気が強い、と考えて間違いないです。つまり外見で弱みを見せないという気持ちの表れです。

この女性は普通のお母さんでした。自転車に乗って家族のためにスーパーを走り回っているような。

「何かお悩み事があるのではありませんか?」

「はい……あまりにもくだらなくて……」

「せっかくいらしたんだからお伺いしましょう。もし解決できればよかったってことになるじゃありませんか」

それで女性は話し始めました。

彼女は主婦で夫と3人の子供たちがおり、子供たちはもう社会人になり夫は退職しているとのことでした。

「うちは昔から夫の方が強くて、ほとんどなんでも夫が決めるんです。夫は楽しい人で人間的でもあるし、基本みんな自由に自己責任で生きていきなさいっていう考えでいいんですけど……」

「ええ」

「でも……なんか田舎で育ったんですけれども、口が悪いというか、私のことを頭ごなしにバカ、とか、お前、とか言うんですけど、それが嫌になっちゃったんです」

「急にですか？」

「いいえ、もちろん前から言ってますけど……。お互い年を取って何か抑制が利かなくて……」

「話し合われましたか？」

「ええ。そしたらお前がバカだからいけないんだって言われて。今更直せないとも」

「全然直すおつもりがないのですか？」

「どうなんでしょう。……私、思い出したんですけど、母が、妹が生まれた時、この子にはバカという言葉は覚えさせないように育てようって言ったんですよ。結局、妹もバカという言葉を知ってしまいましたが。それに私が子供の時、あんたって言葉を使ったら、母はあんたなんて言ってはいけない、あなたって言いなさいって何回も言われました。だからお前なんて言われたこともありません。夫は強気なくせに私がガミガミ言うとすごくイライラするようなので、たぶん神経が細かいんだと思うんですけど……だから私は夫に言う言葉には気を付けています。それでますます夫の言いたい放題になっているんです」

「言葉も暴力になりえますからねえ。自分が言われるのは嫌なのにあなたには言うというのは、完全に子供が母親に甘えるくらいあなたに甘えているようですね」

「私も普段は聞き流せるんですけど、その日、結婚した長女にもあることで怒られて、ダブルパンチだったんですね。私家族中に言いたい放題に言われてるんです。私は家族への言葉には気を付けていますが」

「奥さんは優しい性格なんですよ」

「でも、世の中には主婦が一番強くて家の中で君臨している家庭もあります。私は言い争いが苦手で強く言えなかった分、家族を我が儘にしたようにも感じます。みんなが誰に対しても言葉には最低限は配慮するような人間にならないといけないんです」

「結婚されてよかったこと、ご主人と結婚してよかったと思うことはありますか？」

「それはあります。主人は経済的に結構苦労しているのでたくましいですし、明るい性格なので普段から楽天家です。私の育った家庭は真面目過ぎて深刻に落ち込むことがあったから、夫と結婚して初めて心が軽く人生がだいぶ楽しくなりました」
「それは素晴らしいですね。……私は自分自身が結婚する立場にないので実感としては言えないのですが、神様はあなたとご主人がそれぞれ結婚生活の中で人間的に成長するためにおふたりをめぐり合わせておられるのです。縁というものはそういう意味合いを持つものです。

あなたはご主人という男性と出会い、色々良いことを吸収できた。ご主人もあなたから自分にない良いものを吸収することでしょう。それでもし結婚したままで、お互いより良く成長することができたら、そこにはおふたり以外手にすることができないおふたりだけの貴重なもの、人生のゴールドを得ることになるのです。これは素晴らしいことです。

人間は結婚しないで独り身でも学ぶことはもちろんたくさんあります。しかし夫婦という形の相棒を持って歩む人生の学びも大変味があるのではないでしょうか。今頑張って離婚されてもそれぞれの学びは続きますが、結婚したままであなたがご主人の言葉遣いや態度に批判の気持ちを込めながら生きていき、ご主人にもそれが少しずつ理解されれば、より努力した結婚の先に待っているゴールドがあると思います。

酷い言葉遣いをやめる方がよいということは誰にとっても真理です。その点であなたとご主人とでは人の前に出して恥ずかしくなるのはご主人の方ですからね」
「ではどうすればいいのですか、毎日？」

「今までのあなたより1段ステップアップしなければならないが、あなたにはおできになるからこの課題がやってきたのです。立派な人格の先生が生徒を、母親が子供を導くのと同じ気持ちで、相手が自分の言葉のふさわしくないことに気づくのを待つのです。時には穏やかに諭すのもよいでしょう」

「できるかしら。私も同じようにガミガミ反論して、自己嫌悪になったりして……」

女性は苦笑いして帰っていきました。

村上神父は、あのように真面目に人の道を考えて日常を生きてはいない人は多いのではないかと想像しました。長年結婚しているとお金のために別れていないだけ、という夫婦も結構います。でも夫婦でいるにしてもそうでないにしても、相手と自分の人間的向上を目指さなければいけません。

結婚生活などというものは、仕事と家事をわけあったり協力したり、子供を育てたり……と面白い作業が盛りだくさんですが、穏やかな気楽さをこよなく愛する人にとっては次から次へと心休まる暇もないほどの刺激の連続でしょう。

それなのに人は結婚する。そこに好きという気持ちが起こった時から、話は始まるのです。

好きとは何なのか？　単に神様がいたずらで魔法をかけた気の迷いではないのか？　好きだって離れて暮らすこともできるはずなのに、どうしても一緒にいたくなるなどということは不思議です。ああ恐ろしい……。
村上神父は自分もつくづく迷える子羊だと思いました。

傑出した人物

人は他人と比べられるべきものではないとは、よくいわれることです。村上神父もそう思っています。人は生まれも育ちも違う。その肉体もセンスも、そして何よりたましいが違う。だから比べるのは無意味なのです。

ただ時々どうにもこうにも存在感が圧倒的な人がいるものです。他人とは違う、その人でしかありえない行き方、生き方をたましいがしているのだな……と感じさせる人。

村上神父は自分の教会にいるだけなのに、どうしてそんな人物に出会うのでしょうか？

その人はまた、何の前触れもなくふらりとこの教会にやってきたのです。

額は広く髪は美しい富士額のラインのまま、かなり後ろの方まで行っていました。背は高く顔の作りは端正で、まるでローマ人のデスマスクのようなのですが、目は絶望とアイロニーとユーモアの間をぐるぐる順番に回っているような色をしているのでした。丁寧に仕立てられた良いスーツをゆったりと着こんで、まるで幽霊のように魔法のように彼は教会のベンチの通路に立っていました。

村上神父は不思議な力に引き付けられてその男の方へ行きました。

「ここはみすぼらしいようでもあるけれど、入ってみると清らかな美しさも備えている、ま、教会ってところだね。こんな土地でなかなかのものだ……」

たいそう傲慢なコメントに村上神父はちょっと面喰らいましたが、言っていることはその通りと言えなくはないし総じてほめているのだと感じました。

「あはは……」

「この教会は……その住居部分はあるのかね？　君が住んでいる場所ということだが。君はつまりここの主なんだろう？」

グヮーッ。ものすごい人物がやってきた、と村上神父は思いました。聖なる教会に隠れていても神様は必ず私を鍛えてくれる人を送り込んでくださるということだ。でも今度はどんな男なのか……などと頭の中はめまぐるしくプラスマイナスの考えが見え隠れしました。

「えっと、どんな御用、おつもりで、あなたはこちらへいらしたのですか？」

「あははは……冗談だよ、君。ただこの質素だけど清らかな教会に僕の住むスペースはないだろうかと思ってね。僕は世俗の垢から逃れたいのさ。もうここまで生きてきて、世の中がどうにもならず悪い方にばかり向かっていることは、骨の髄まで理解しているよ。もう結構生きてきたし様々な経験もした。いいことより悪いこと、どうしようもなく酷いことの方が圧倒的に多すぎるということも、よくよくわかっている。今すぐ死んでしまっても構わないんだが……しかし私にも気持ちの準備というものがいるのでね。この肉体を死に至らしめる行為を行うためには、まず気持ちが死に向かっていかなくてはならないのだよ」

そう言って、男は深い絶望をたたえ挑むような、しかも疲れ切って濁った目で村上神父を睨みました。

このお方は気がふれているのだろうか？　たとえ気がふれているにしても立派なお方だ。何か大きな器、立派なものを感じさせるお方だ。

「まずお話を伺いましょう」

男は教会の質素なベンチを見まわしました。

「ここで、かね？　目上の者から話を聞こうと思うのなら、それ相当の応接のできる空間に案内したまえ。それでなくては、私もろくでもないにしても私のこれまでの貴重な体験を君につまびらかにすることができないよ。貴重と言えるような素晴らしい話でもなんでもないのだが……。それどころか卑劣で愚か極まりないものなのだ、情けないことに。しかし大抵の人生とはそんなものだよ。もしそう見えなければそれは取り繕っているだけなのだ。みじめに見えないように。本人さえその偽善にすら気づいていないことさえある」

話を聞きながら、村上神父は男を奥の自分のプライベートな部屋の方へと案内していきました。

リビング・ダイニングの部屋に入る時、男はとても背が高いのでちょっと頭を下げるようにしなければなりませんでした。そして狭い、心ばかりのレースやギンガム・チェックで多少飾られた小さな温かい空間を見ると、言いました。

「なんとまあこんなところに住んでいるとは。アンネ・フランクの隠れ家もさもありなんというところだな。私のとどまることのない毒舌を許したまえ。この舌は当の私自身をも長年苦しめておるのだよ」

その言葉を聞いて、村上神父は大変な男を連れてきてしまったと思いながらも、なぜか憎めないお茶目さに吹き出しそうになりました。

「すみません、こんなところで。でもほかにご案内できる場所もないので。よろしければお座りください。そうだ、温かいお茶を淹れましょう」

村上神父は紅茶の準備をしました。そしてほんの少しずつ楽しみに食べていたチーズ味のクッキーがあったことを思い出し、それをきれいな模様の菓子皿に入れて惜しげもなくテーブルに置きました。

男は長い足を組んで座り、リビング・ダイニング・ルームの中を珍しそうに見まわしていました。

やがて村上神父が淹れた紅茶をすすり、クッキーを珍しそうにひと口つまむと、ニッコりしました。

「この住居は失礼だがとても神経をくつろがせるに十分な広さとは言えないが、お茶とこのクッキーは何とも私に安らぎを与えてくれるよ」

そう言うと、男は潤んだ目を悟られないように、すぐ目を伏せました。

「それは良かったです。ではよろしければお話を伺いましょう。どういったお悩み事ですか？」

「お悩み事……ずいぶん楽し気な響きだね。しかし私は確かに神父に話を聞いてもらいに来ているのだからお悩み事を話しに来ているということになるね。私のお悩み事はだね……すべてなんだよ」

「……」

「そもそも生まれてきたこと自体がだね……」

「それは私も昔、よく思いました」

男は、初老の立派な紳士としての目を見開き、口を開けてハッと驚きました。

「私も生きていくのも面倒くさくて人づきあいも煩わしくて、生まれてこなきゃよかったと思っていた時期もあります」

「で、もう偽善的な神の価値観に洗脳されて今では前向きに生きるように説得する人助けをして自分のこともうまく騙して、残りの人生を善人として過ごそうと決めているんだな」

「あ、はあ、そうかもしれません。でもまだ私は若いのでもうちょっと生きてみようと思っている、というか」

「長く生きたって同じだよ。人間というのは実に見せかけだけの価値で生きてるんだ。その価値観から逃れることはできないのさ。実に愚かな生き物さ。動物は偽善的ではないという点ではまだ人間よりはマシだろう。人間というやつは生まれたころはまだ動物みたいなところもあるが、次第に知恵をつけていくんだ。利己的で卑怯でしかも自分は善人でございい、という顔をして生きる、救いようのないグロテスクな見せびらかしの知恵をね。もっとも私は子供なんて嫌いだがね。薄汚れた小さな餓鬼どもには耐えられん」

この強烈なコメントに、村上神父はすぐに返す言葉が見つかりませんでした。反論がすべて偽善であるように思えたのです。

しかし男は村上神父に悪いと思ったのか、少しだけ明るく見せて、「私は……皮肉屋なんだ」と言いました。

「ところでここに私の泊まれる場所はあるかね?」

というわけで、村上神父は自分のベッドの枕カバーとシーツを取り換えて男に寝る場所を提供しました。そして自分は桃子とキッチンの横のソファで眠ることにしました。

「本当に押しかけてきて君のベッドまで奪ってしまって申し訳なく思うよ。まさか君の居住スペースがこんなに狭いものだとは思わなかったのだよ」

男は大変背が高く、老人ながら185、6センチはありそうでした。そのため村上神父のベッドに横になると足の先が出てしまいました。それでマットレスをヘッドボードから引っ張って隙間に枕を詰めて何とかベッドの体裁を整えました。

男にタオルや水を渡し、村上神父が眠ろうとすると、彼はじっと村上神父を見て言いました。

「突然の男の出現にも何ひとつ不平も文句も言うでもなく、自らの持ちうる限りの力で私を扱うとは、君はあっぱれだ。かつて私が若いころに出会ったパタゴニアの牧場主たちを思い出させられたよ」

男の濁った不気味な目は、過去の風景を頭の中に思い描いているように見えました。「その話はまた明日しよう。私の名は穣二という。江守穣二だ。海外にいることが多かったため穣二と呼ばれている」

「そうですか。私はこの山の上教会の神父で村上優です」

ふたりは握手しました。

翌朝、村上神父は穣二氏のためにトースト、目玉焼き、コーヒー、オレンジジュースといった朝食を作ってやりました。穣二氏は銀髪でピンクっぽい肌をしてどこかイギリス人のようにも見えるのでした。朝からきちんとしたジャケットとズボンとシャツを身に着けていました。

「お願いしたいことがあるのだが」

「なんでしょう？」

「ほかに頼める者がいないので君に頼むのだが、私のズボンをプレスし、シャツを洗濯して、アイロンを当ててもらえないだろうか。私はいつもきちんとした身なりをしていたいのだ……」

そう言って穣二氏はまっすぐ村上神父の目を見ました。

「わかりました」

ちょうど自分の僧服のズボンもプレスしようと思っていたので、村上神父は引き受けました。

「それから私は今日一日、この君の質素な物書き机のような場所で作業をしようと思う。いいだろうか？」

作業？　なんだかわかりませんが半分はあきらめ、半分は穣二氏に対する興味で、村上神父はこれも許可しました。

その日村上神父が洗濯、掃除、セルマの世話、散歩、食事作り、庭の手入れ、アイロンかけをしている間、穣二氏は昼食やお茶以外は奥のデスクで何かを描いていました。夕食時になり村上神父が魚のフライを作っていると、のっそりとキッチンに現れました。

「フライかね？　最近は食べたことがないがたまにはいいね。いい香りだ。タルタルソースかね？」

村上神父は単なるソースをぶっかけようかと思っていたのですが、ピクルスとマヨネーズが冷蔵庫にあったことを一瞬思い出して、

「タルタルソースです」

と言いました。

「いいね」

穣二氏は不気味に笑って、また書斎に引っ込みました。

やがて夕食の準備が整い、ふたりで食べ終わると男は、

「タルタルソースは美味ではあるが私のような老人にはいささか脂肪分の取り過ぎだ。今度はウースターソースで頼むよ」と言いました。

それから驚くべきことを言い始めました。

「奥の書斎とそれに続く物入れのスペースだがね、私はインテリアの改造が結構得意なんだよ。工夫次第でもっと快適に広く居心地よくできると思うんだ。やってみてもいいかね？」

「すみません、穣二さん。私はぎりぎりで生活しておりましてそのようなことにつかえる余分なお金がないのです」

「誰が君に改築費を払えと言った！　これは私が勝手に考えて君に許可を求めておるのだ。

君はそれについて1銭も払う必要はない。絶対にやってよかったと思う結果になるのだ……！」

そう言って穣二氏は村上神父に自分で1日かかって描いた設計図を見せ、説明してくれました。

その計画では書斎は今置かれているボックス型の本棚を全部捨てて、壁の厚みにビルトインの棚にし、奥のスペースは間仕切りをつけて、ソファ、テーブル、ベッドを置き、穣二氏の居住スペースにするというのです。

「私がいなくなったら君がこのスペースを使えばいい。客人を泊めることもできる」

「そうですか……それではお願いします」

「よし。良い部屋になるよ」

穣二氏は不気味にニッコリ笑いました。

その日の夜も次の日の昼間働いている時も、村上神父は考えました。穣二氏は何ゆえに私のいるこの教会に住むつもりなのだろうか？　私は今の状況で良いのだろうか？　神は何ゆえに彼を私の元によこしたのであろうか？

しかし何も思いつきませんでした。村上神父がいつも信じている天からのメッセージは、特にありませんでした。また彼を追い出すべき、という考えも生まれませんでした。彼を拒絶しなければ、という気持ちにもならなかったのです。

穣二氏はホームセンターで何やら必要な道具や材料を買ってくると、どんどん改造を始めました。

最初はどうなることかとセルマとふたりで心配になるくらい、室内は色々はがされてボロボロになってしまいました。しかし男は確かに内装の改造の心得があるらしく、やがて美しい室内が現れてきました。また彼は家具を作る技能にもたけていて、美しい縁取りを施した棚を壁に目いっぱいしつらえました。壁の色は明るいクリーム色や淡いピンクベージュの壁紙を使い小さなテーブルやアンティークなランプシェードのスタンドも置き、本当に居心地のよさそうな隠れ家になりました。

「本当にあなたの腕は素晴らしい。大したものですね！」

「もちろんだよ。気に入ったかね」

穣二氏と村上神父とセルマは大満足して、新しくなった書斎とその奥の隠れ家を眺めました。

「汚したりしたら承知しないぞ」

と、穣二氏はセルマに指を立てて言いました。

こうして居住スペースができると、穣二氏は毎日ソファにいて、何かを紙に書いて考え込んだり本を読んで何かを調べたりするようになりました。それは主に税金についてや、ホロスコープについての洋書などでした。やはりこの男は頭がおかしいのか、と村上神父は思いました。ある日この男に殺される、なんてことはないだろうな？　そしてこの男がいつの間にか山の上教会の神父に成り済ましていたり……などとサスペンス小説のような世界を想像してみたりもしました。

するとある日、村上神父が夕食の支度を整え、男を呼んだ時、テーブルに着きながら彼は言いました。

「私が何のためにこの教会に身を隠しているかわかるかね？」

「確かあなたは、生きていること自体間違っていると思われていると言いましたよね、最初……」

「ああそれはそうなんだ。それはもちろん解けない問題、大前提として常にある。しかしそれに悩まされつつ、また別の下世話な悩みごとというものも人間には、ある……そういうことも含めて生まれること自体、間違いの始まりだと思うのだがね……」

「…………」

「つまり、女だよ」

「え？」

「私は別れた妻の魔の手から逃げておるのだ」

「え！」

「妻は大変パワフルで、おおらかな女性なのだが、私のことをほうっておいてはくれないのだ」

「別れたということは、離婚はなさったわけですか？」

「無論だ。しかしなんというのかねえ、私には彼女が必要だ、と思い込んでいるんだ。半分母親のようなつもりでいるのだな。私が何を言っても聞き入れないのだ」

「でも、離婚して、付きまとわれて困るというのであれば、警察や何かに相談することもできるのではないですか？」

「まあね、それはできるだろう。でもそれは彼女を傷つけることにもなる。彼女は本当に私のことを何を敵に回しても守ろうとする母親のごとく愛しているからね。でも、それもまた、私にとっては迷惑な日常でもあるわけだ。とにかくガッツのある女性なのだよ……」

村上神父は考え込んでしまいました……。

離婚した妻から逃れるためにこの教会に身を隠している初老の男性。これはやはりその元妻とじっくり話し合って、もう付きまとわないと約束してもらうべきなのではなかろうか。

「穣二さんは、この教会に隠れているだけの毎日はつまらないし、不自由でしょう」

「そんなことはないねえ。私は……自分で何の恥じることもなく認めざるを得ないのだが、本来怠け者なのだよ。人の毎日は生きるためあるいはこの社会でうまくやっていくために気にしていなければならない様々なこと以外にも、あれこれ思いめぐらせたり推理したり想像することが本来はあるものだ。そういうことだけでもいっぱいあるからね」

「はあ……」

「部屋も居心地よくなったし、君もいるわけだし、そのセルマという頼りなさそうな犬もいるし。ひとりはいかんよ。私は以前盗みを働く使用人をひとり家に置いていたが、それでさえも家のどこかに自分以外にもうひとりいるというたったそれだけの存在が、孤独を避けるために人間が必要とするすべてなのだよ。完全に人気のない家で座って本を読むことは不可能だということを、私はあのころ知った。私の使用人が食料を買って外から戻ってくる途中であるとわかっているだけで、私は完全に安心してのんびり感じることができた。たとえそいつが我が家のものを色々ちょろまかしているのを知ったとしてもだ。

人とは本当に不自由な厄介なものなのだよ。だからしばらくの間元妻が私を追いかけ回すのをやめてくれるまで私をここに君の客として滞在することを、許してくれたまえ」

村上神父は穣二氏の言い訳があまりにも理路整然としているような気がして、そのまま滞在を許すことにしました。

しかし、この男はいったいこれまでどうやって生きてきたのだろうか？　仕事は何をしていたのだろう？　まさかとんでもない犯罪者だったりはしないだろうな……。神様、あなたの与えた試練に私は用心しながら取り組みます……。

ある夜、穣二氏はテーブルスタンドの明かりで手元を照らしながら何やら作業をし、あたりにはたばこの匂いがしていました。村上神父が覗いてみると、いくつかのタバコの葉を調合してパイプに詰めようとしているところでした。

「刻みタバコを調合しているのだ。久しぶりだが」と穣二氏は言いました。

「君は、タバコは？」

「いいえ、吸いません」

「そりゃそうだな。聖職者たるもの、嗜好品を嗜むわけにはいかないだろう。不便な職業だ。そう思わんかね?!」

「まあ我々は、至高のたましいであるところの神の道具となって、神が人々を成長させるためにこの世で与えたもうた苦難を、人々がどうとらえどう向き合えば幸せになれるかを、皆さんにお話しする立場です。その中に酒、タバコの類は入っていません」

「だがね、この地球上の皆が皆文化的な衣食住をさほど苦労なく得られる環境に暮らしているわけではないのだよ。毎日の衣食住を確保するにも必死に気を配りながら男としての仕事を行っている海外の者たちにとっては、昔はタバコと銃は当たり前の男の持ち物、一人前の男の嗜みでもあったのだ。文明国ではタバコは肺がんの元と考えられて吸わない者も多くなったがね。私に言わせれば、いろんな文明が進み過ぎて、空気も食べ物も汚れたからがんが多いのだ。空気がとてつもなくうまくて食事も本来の食材の風味が豊かだった時代には、生きるスパイスとしてタバコを嗜んで、ちょっと肺を汚してみたものさ。それができないほど空気や食べ物や人の心が汚れてしまった今の時代は、何もかもやりすぎなんだ」

そう言うと、穣二氏は調合したタバコの葉をパイプに詰め、火をつけました。村上神父が今まで嗅いだことのない強烈で個性的な、ずっと嗅いでいると目が回りそうな、お香のような香りがしました。

「どうかね？　人間はこの自然界にあった植物を時間をかけて工夫して育て、こんな香りを創り出したわけだ。これもひとつの文化だろう」

「そうですね……」

「一服やってみるか？」

「いいえ、香りだけで充分です……」

「邪悪な香りかね？　清く正しい聖職者どもにとっては」

「かなり強烈ですが、その中でなるべく心を清く保とうと努力しながら生きるのが、人間の在り方です」

おいしいのかまずいのか、よくわからないような複雑な顔つきでパイプを吸っていた穣二氏は、恐ろしく空虚な目つきになって言いました。

「かつてこの世のどういう場所でタバコというものが男たちに愛されていたのか、ひとつ私の知っている話をしよう」

それは穣二氏がまだ20代の若者だったころの話でした。

「私の父は事業家だった。私が子供のころはアルゼンチンにいた。その後一家は日本に戻ったが私はとにかく日本の、特に自分の家庭を取り巻く環境に耐えられなかった。性に合わなかったと言ってもいい。それで20歳で学校をやめて独立すると決心し、アルゼンチンへ渡り、ブエノスアイレスのタバコ製造会社に就職した。最初は工場で働きタバコのことを勉強した。後に田舎へ市場調査をするために送られた。パタゴニアだ。パタゴニアというところを知っているかね？」

「いいえ」

「君は日本を出たこともないのか……哀れな奴だ。世界には日本より強烈な自然環境とそれに培われたタフで極端な人種が沢山存在する。それを全く知らないとは、物事を考える座標を持たないのと同じだな。足腰が丈夫なうちになるべく世界を見ておくことをお勧めするよ。

ところでパタゴニアだが、まあ、地球上には人間にこの世の果てとはこういうところのことを指す言葉か？　と思わせるような場所が何か所かあると思うが、私が行った時、少なくとも私にはそう思わせられる土地だった。荒涼として、月もかくやと思われる地質だ。ほこりっぽく寂しく、人の体の中をまっすぐに吹き抜ける絶え間ない腹の立つ風が吹く。

パタゴニアというところはドイツ人、イギリス人、そしてもちろんスペイン人、あとオランダ人も古くから移住していた。新しい南アメリカ大陸での生活を夢見たわけだが、この気候風土と彼らが母国に捨ててきた文化が欠落しているという寂しさから、人間の心にとってても地の果てというにふさわしい世界であったと思うよ。人々はそれぞれの個性と孤独を抱えて、さらにそこに先住民のインディアンの文化が混ざってあの土地独特に培養されていた。羊を飼っている牧場が点在してるんだが、日が沈む前に到着しないといかん。山賊が多くて日没後に近づくと山賊と間違えられてライフルで撃たれるんだ。

もし牧場を見つける前に日が暮れてしまったら自分たちでキャンプするしかない。私は雇ったインディオのガイドと、ずいぶんそういう目にあった。

キャンプするにはまず地面に丸い溝を掘り、そこに乾いたグアナコの糞をいっぱいに置く。グアナコというのは、パタゴニアにたくさんいるラマのような動物だ。その糞に火をつけてそれが一晩中燃えて、おかげで私たちは温まり、野生動物の脅威から守られるというわけだ。

運よく牧場に着くことができると、私たちは歓迎された。あの当時は今と違って連絡手段というものが極端に少なかった。電話がつながるのにも半日くらいかかるうえ、それは緊急の贅沢な手段だったのだ。田舎に行けばテレビなんか人は見ないのだ。大したものはやってないからな。それで彼らは旅行者にニュースやうわさ話を聞くわけだ。私たちは手厚くもてなされ1銭も請求されることなく泊まらせてもらうことができた。

日没になると、牧場の作業員がふたり外に出て羊の間に入り、食欲をそそる子羊を選ぶのがあそこの習慣だった。彼らは見つけた子羊を群れから離し、素早く長年の実践から培われた技術で動物の急所にナイフを突っ込む。その結果群れも子羊も危険を察知することなく、すぐ子羊は死に、したがって屠殺場のようにアドレナリンが急増して肉の味が損なわれることもない。

子羊は運ばれて皮をはぎ、串に刺すようにカットして、2、3分後にはもう焼かれるんだ。

私たちはぐるぐる回って火であぶっている肉を囲んで輪になって座り、その間イエルバマテというアルゼンチンに生息する木のひょうたんに入れた飲み物をボンビリアというストローを使ってみんなで回し飲みした。ついに子羊のローストが出来上がると、牧場のオーナーが客の方を向き、肉に最初にナイフを入れる名誉を与える。私は自分のナイフを取り出し、自分のための最高の一切れを切り取り、また輪に戻り自分の指でそれを食べる。それがそこの習慣だった」

「うまそうですね……」

「ああ。文明の行き届いた土地と違って、そういうところを旅していると食事の回数も量も極めて限られるから、私の食欲は貪欲であり柔らかくきれいな肉を満天の星の下戸外で食べるということ、焚火の炎、そのすべてが組み合わさって、世界のどんなレストランでも望みえない美食家の宴の感動だったよ。

私はそんな風にあの土地を旅して回った。名目上は私の会社での旅の目的はそこで暮らす牧場の人々のタバコの好みの市場調査であったわけだが、毎日が無事生きてたどり着けるかどうかの冒険の旅であったし、土地の人々はタバコなんかよりほかのいろんな出来事を知りたがるからね。タバコはもちろん彼らにとって重要な生活必需品のひとつであったが、夢中でサバイバル生活をするうちに、1年近くが過ぎていったよ。

私も時にはもう市場調査なんかどうでもよくてこのまま慎重に道を選んで、パタゴニアの羊の牧場を訪ねるということを一生の仕事にすることもできる、と考えた」

「あの、あなたは相当ぶっ飛んでますね！」

すると穣二氏は確信犯とでもいうような、ちょっと黄色く濁った目で村上神父を見ました。

「私は根無し草の性格なんでね。それに……まあいい。じきに君も私がクソだということに気づくかもしれん。

しかし私はふと、文明社会に戻ってみたくなってブエノスアイレスに戻っていったのだ。

最初はほんの少しのパタゴニアの市場調査の成果から新しい調合のタバコを開発しようとしていたが、仕事が忙しくなってくると、私は会社を辞めてしまった。ひとつにはパタゴニアでの経験を本に書く方が、彼らに今ある以外の新しい味のタバコを売るより意味のあることに思えてきたからであり、第2の理由はある未亡人が私の面倒を見てくれるようになったので必ずしも会社に通って給料をもらわなくてもなんとか生きていけたからだ」

「未亡人？」

「そうだ。彼女はミセス・ソイトといって、確か何かのパーティーで知り合ったのだが、私を家に招待してくれて、私がパタゴニアでの1年間の冒険を本にしたいのだと言ったら、空いている部屋を私にあてがってくれたのだ」

「本は書けたのですか？」

「無論だ。小さな出版社が部数は少ないが出版もしてくれた。そこに1冊ある。私の過去の記録として1冊持ち歩いているからな」

「それからどうされたのですか？」

「それから……私とミセス・ソイト、そして南アメリカ大陸は、奇妙な別れ方をすることになった」

なんとドラマチックな人生を語る人だろう！　と村上神父は思いました。

「つまりその、ミセス・ソイトには婚約者がいたのだ」

「はあ」

「そして、彼は若い男であった私が居候しているのが気に食わなかったのだ。私は客として扱われていたのだ。ある日私が酔っぱらってジャケットを着たまま公園の池で泳いで帰ってくると、夜中に婚約者がやってきた。彼もまた明らかに酔っぱらっていた。そしてもめ事があからさまに表面化し、婚約者は私に決闘を申し込んだ」

「決闘ですか！」

「どこまでも両者のプライドを守るとするなら、決闘はひとつの潔い決め方であるわけだが、この方法はもとより、すでにその仇討の連鎖という弊害から法律で禁じられているし、ミセス・ソイトも手に負えないスキャンダルを未然に防ぎたかったのだろう、私は〝まだ若い外国人〟であったから、警察が呼ばれ、最終的に父に連絡がいって、安全のためとかいう理由であの国を追い出されてしまったのだ」

「なるほど」

そこで穣二氏はちょっと当時のことを思い出しているのか、黙りこくりました。

「それから、どうされたんですか？」

「日本へは帰らず、アメリカに渡ったのだが……この話を始めたのはタバコがどういう時に男にとって必要か、ということだったな。肉体とそして頭脳を使って戦わねば生きられないかもしれない、文明も何もない原始的な毎日において、殺伐として孤独な男の精神を支えるのがタバコ、銃、そして時には酒や女性なのだ。あのパタゴニアのような場所は、今はもう少ないいだろう」

そして穣二氏は、もう今は過ぎ去ってしまった、当たり前にタバコが必需品だった日々を思い出すかのように、強い匂いをさせて、刻みタバコを詰めたパイプをスパスパと吸い続けました。

村上神父はそんな穣二氏にそれ以上問いかけるのはやめて、あとは自分であれこれ推理・想像したのでした。

穣二氏の多彩な才能

村上神父は、日常の仕事やセルマと穣二氏の世話に明け暮れていきました。

穣二氏は毎日宅配便で届けられる様々な本を読んでいて、それは英語やスペイン語の文献のこともあれば、数学の本であったり、電気工学の本、はたまた占星術の本であったりしました。

電気に関してはかなりプロフェッショナルで、教会の中の電気関係の困りごとは何でも直してくれるし、村上神父の持っている古い炊飯器やアイロンといった家電も、一見何ともないのに、分解してどこか手を加えると、前よりずっと性能が良くなるのでした。

また文学に関しては、穣二氏はシェークスピアやブラウニングにはまっていました。シェークスピアの芝居からよくセリフを引用するのです。「ハムレット」や「リア王」といった世間でもよく引用される有名セリフではなくて、「リチャード3世」、「ジュリアスシーザー」、「テンペスト」、「ヘンリー5世」などから引用するのです。村上神父がきょとんとしていると、そのシチュエーションや意味を説明してくれ、どの作品からどんな人物たちがどういう時にそれを言ったのかまで教えてくれました。

そんな話を聞いていると、村上神父はフィクションとはいえ歴史の中には一体どうすればよいのか……と天を仰ぎたくなるような立場に置かれた人物たちが、そこに追い込まれなければ思いつけない感情を抱え、そんな苦境の中でも斜に構えて自分自身をもあざ笑いながら人生を全うしていく興味深い局面がある、ということを知りました。余裕が出来たらそういう本も味わってみたい。だけど穣二氏の話だと英語をかなり操れないと、本当に味わうことはできないみたいで残念な自分だ、と思うのでした。

そういうと穣二氏は「シェークスピアが芝居を書いていたのは食べていくため、金を得るためであって、彼が最も心血を注いだのはソネット、詩だ」と言いました。

またある日村上神父が教会のパイプオルガンでバッハのフーガを弾いているといつの間にか穣二氏はベンチに足を組んで座って演奏に耳を傾けています。

村上神父がちょっと照れ臭くなって手を止めると、

「いや、実に良い演奏だよ。どこか清楚な架空の町にいるようだ。名もない小さな教会に足を踏み入れてこんなに素晴らしい演奏が心を癒してくれるなんて、人生に騙されそうになるじゃないか……」

と言いました。

村上神父には意味がわかりませんでしたが、すごくほめていることは確かです。穣二氏がまだ姿勢を崩さずに座ってこちらを見ているので、演奏を続けました。

それから村上神父は、穣二氏にオルガンの演奏を教えました。

「壮麗にしてこれがなかなか淫靡な音でもあるね……」

穣二氏はピアノを嗜み、鍵盤さばきはかなり上手でした。オルガンの弾き方を覚えてからは、山の上教会では穣二氏の楽し気なオルガンの音が流れるようになりました。猛スピードのジャズオルガンも聞かれました……荒れた風吹きすさぶ不毛の土地の上をどんどん風になって飛んでいくような、お化けの出そうなドラマチックな演奏で、あまり教会向きではなかったかもしれませんが村上神父の胸をワクワクさせました。

セルマの方は特に何とも思いませんでしたが、穣二氏が楽し気にオルガンを弾きまくり、幸せそうに聴いている村上神父のふたりの空間に、一緒にいるのは好きでした。

穣二氏の絶望

このように、穣二氏との生活は村上神父にとって刺激的で楽しくてたまらないものだったのです。

ある日、穣二氏は言いました。

「私は愚かで品がなく、残酷で下劣極まりない、見せかけに踊らされることがほとんどの人間が、権力を持って勝手にやりたい放題しているこの地球という世界が嫌いだ。人間は己がどれほど愚かな木偶の坊かということをはっきり把握・認識する能力すら持っていない。それでも私はこの地球上の何とか美しい部分で、なんとか生きようとしていたのだ。

私は兄や妹や友人たちと楽しい日々を過ごしたこともあるし、一番私を理解してくれた妻とは、彼女が亡くなるまでできるだけ互いを思いやる人生を送ることができた。

しかしこの世の仕組みというものは、人間が構築したこの世の中というものは、これから俗悪になる一方だ。様々なものを味わう心のゆとりも持てないほど、すべては愚かで残酷極まりない効率が優先され、そのチャンスを持つものは、争いに勝った世界のごく一部だ。ほかの者はみなむなしさ、苦しみ、失望を味わうために自分はこの世に生を受けたのだな、と思うようになるだけだ。

人々はくだらない見せかけの美を追い求め、たいていの人間が自分を立派に美しく見せようとし、人にどう見られているかを気にして滑稽なくらい神経をすり減らす。

君は、この清らかな教会の中に邪念を持たない犬と、美しい花を咲かせる植物と、神のたましいの世界に直結しているオルガンの演奏と共に生き、時には外にごみまで拾いに行っている。野菜を植え、収穫し、質素な食べ物を大切に食している。

君のような生活は、この奇蹟の楽園の中でのみ成し得るのだ。外の世界には壮大な美、自然、感動が存在しているが、それ以上に卑劣でおぞましい悪魔のような状況がいくらでもある。

私は他人の惨状を横目で見ながら、それはそれ、自分は自分だからと、自分の幸福を追求できるほどの強い精神を持っていないし、そもそも私は多くを望むのが嫌いな怠けものなのだ。だからこれ以上私の人生を生きる意味を感じないのだよ」

穣二氏はここまで生きてきたすべての愛・憎悪・嫌悪・アイロニー・悲しみで出来上がった、1日ではできない秘伝のたれのような色合いをたたえたまなざしを、村上神父に向けました。村上神父は穣二氏が、それが彼の絶望であれ悲しみであれ、彼がこれまで生きてきたところの総ての誠意を、今、自分に開示している、とわかりました。何も答えることはできませんでした。

穣二氏の告白があってから、寒い2月の空の日が何日か過ぎました。

穣二氏には何も言えないまま、またふたりと1匹の日々は過ぎていきました。村上神父は少ない資力ながらも魚のフライとかよく煮込んだスープなど、穣二氏の好きな料理を、心を込めて作りました。

そして夜は趣味や勉強の時間でした。とにかく彼は博識でしたから彼が話して聞かせる事柄に村上神父が興味を持つと、それならこんな本を読むといい、と穣二氏は言ってネットで古本を探し出してくれました。それを読んだうえでまたふたりは色々な話をするのでした。それはメキシコ芸術の話、アメリカのルート66の話、シェークスピアの話、フランス人外人部隊の話、アメリカのホテルの食器の話、オペラ歌手の話、日本の木製食器の話……もう、ありとあらゆる話でした。

村上神父は幸せでした。掃除をし、花壇や菜園の世話をし、慎ましいながらも満足のいく食事を調え、大好きな音楽と相棒のセルマ。それに加えて穣二氏と書物からの教養のシャワー。こんな生活を毎日送らせてもらっているなんて。神に、植物に書物に、教会に、オルガンに、セルマに穣二氏に、何もかもに感謝しました。今料理しようとしている目の前の白菜に、水道から出てくる水に、一杯のお茶に、ストーブに、なんにでもありがたい気持ちが湧いてきました。

そんなある日のこと。穣二氏は車のエンジンについて話してくれました。特にイギリスの高級車ロールスロイスについて。穣二氏は前の奥さんと過ごしていたころ、ロールスロイスに乗っていたようでした。

「私は、昔は車のエンジンを調整したものだが、ロールスは特別だ。あれはあの車をよく知る男にやってもらっていた。あの心地よさ。ロールスのエンジンは古くはスピットファイアにも使われた」

村上神父は車の免許さえ持っていないのですが、ロールスロイスをほめる時の穣二氏の幸せそうな様子に、自分も一度くらい乗ってみたいものだ、と憧れました。

「……ロールスに亡き妻と乗っていた時のことを思い出すと、私にもうんと幸せな時があったのだな、ということが思い出されるよ。そんなことを思い出せるのは……たぶん、今のこの君との生活が私にとって心穏やかだからだろう。このちっぽけな教会に足を踏み入れて私は間違っていなかった。私はこの世の金鉱を掘り当てたのだ」

「金鉱と呼ぶには……あまりにも質素ですが」

「いや、物のことではない。心の金鉱だよ、君」

「心の金鉱……」

確かに村上神父も穣二氏と暮らす毎日が楽しくて夢のようだ、と思っていたのです。小さいけどここは永遠の楽園のようだ……と。

その時チャペルの方からドアが開く時の鈴の音がしました。


村上神父が出ていくと、年はいってるけどすごい美人が入ってきたところでした。やせていておしゃれな砂色のスーツを着こなし、上品なバッグをさりげなく持って、髪はアップにしていて、瞳がきらきらしているレディでした。

宝石の琥珀のような女性だな、と村上神父は思いました。

女性は村上神父が目に入ると、すぐに微笑みました。その様はエレガントでした。

「お尋ねしたいんですけど、ひょっとしてここには江守穣二という人はいないかしら？」

「！」

村上神父はびっくりしてしまいました。

「そういう人はいないこともないのですが……失礼ですが、どういうご用件ですか？」

「わたくしは江守穣二の家内……だったんですの」

それを聞くと村上神父の頭に穣二氏が初めてここに来た時、ちらっと言ったことが思い出されました。

別れた妻から逃げて隠れるためにここに来た……。

「とうとう探し当てたか……」

振り向くと穣二氏がいました。

黒沼ジータ登場

「まさかこんなところに隠れているなんてねえ」

「悪いがもう私にはかまわないでくれたまえ」

「そうはいかないわよ。いくらもう夫婦じゃないって言ったって、見ていられないわよ……あなたが……こんな寂しいところで朽ち果てていくのを……」

「じゃ、見なきゃいいだけの話だ。それに君には、あのろくでもない低俗な輩がワイワイ集まるだけのパーティーが大好きな君には全く理解できんだろうが、この小さな教会は、この清らかでチャーミングな教会は、今のところ、私の余生を送るのにまさにぴったりの場所なのだよ、君にはわからないだろうがね」

するとё穣二氏の元奥さんは、村上神父の方をしれっと見ました。それからまた穣二氏に視線を戻しました。

「……そういうことなの。どなたか存じませんが、わたくしの元夫が大変お世話になっているようですわね。わたくし感謝申し上げますわ」

「あの、自己紹介が遅れました。私はこの山の上教会の神父の村上です。どうぞよろしく」

村上神父は恐る恐る手を差し出しました。

「わたくしは彼の元妻で、黒沼アリスっていいますの。皆さんわたくしをジータと呼びますけど」

穣二氏の元妻ことジータは村上神父の目をじっと見つめて、軽く握手しました。

それを見ていた穣二氏はフン、と横を向きました。

「もうそろそろ黒沼ジータじゃなくなっているころかと思ったけどね」

「あら、何をおっしゃるの？　まだ黒沼のままよ。それにこのごろ、やっと世間も夫婦別姓なんて言い始めてるし。これからたとえ誰と再婚するにしても、わたくしもう名字を変えたりなんてしないことよ。その方があなたもいいでしょ？」

「私には何の関係もないね！」

と、穣二氏は大声で言いました。

「ねえ、とにかくここを出ましょう。私のところでお風呂につかって、ちゃんとした服に着替えて、体にいいものを召し上がって、気持ちを整えるのよ。そうすればこれからどうすればいいかも、少しずつ考えられるようになるわ」

「私は風呂には入っているよ！　いささか小さいが……そんなことは今の私にとって何の問題でもない！　ここを出る気は一切ないし、君にそもそもそんなことをいう筋合いもない」

「いいの？　これからのことを考えなくちゃ。そりゃ私たちはもう若くはないけど……それでもまだ生きていくのよ。お金はどうするの？　こちらにお世話になっているお金はどうしているのよ⁉」

「君にはかかわりないことだ」

穣二氏は、石のような灰色の目つきでジータを見ました。

「……そう。わたくしもうどうなっても知りません。あなたを一番理解しているのは、この地上にもう、わたくしひとりだけなのよ」

そう言うと、ジータは不良の貴婦人のような身のこなしで帰ってしまいました。

穣二氏は怒りと不機嫌の入り混じった態度で、居間の方へ戻っていきます。

「あなたをとても気にかけていらっしゃるようですね？」

「ジータの頭の中は私でいっぱいだろうよ」

「それに僕はあんなに美しい年配の……あ、すみません、女性は初めて見ましたよ」

「ジータはあれで、あっちの世界じゃ名が通っている女なんだよ。父親も金持ちだったし、事業家や外交官、王族なんかとも知り合いなんだ。しかし私とは全く価値観が合わなくてね。私も俗悪だが、ジータの生きる世界は、俗物の極みだ。もうあいう世界から私は足を洗ったのだ。それよりも、少しでも私は私のこの汚れ切った人生を残りだけでも、自分の気持ちに嘘偽りなく生きたいのだ……」

それからも何度かジータ嬢はやってきて、そのたびに教会の隅で穣二氏と話し合っていました。穣二氏はジータが何も自分のことをわかっていない、と村上神父に言っていました。確かに穣二氏の全く飾らない、人の目も気にしない、派手なことを嫌う気ままな教養の世界は、非の打ちどころのないジータとは相いれないものでした。

が、かつてこのふたりが結婚していたこともあるのだ、と思うと、村上神父には穣二氏には両極端な両義性を感じるのでした。だってそうでしょう。ジータと暮らしていた頃には、たぶん彼女の夫として社交界にもある程度は顔を出していたはずです。穣二氏を見ていると、背が高く堂々たる物腰。もちろん物知りで全く物怖じしないで、様々なマナーやウィットの詰まった会話を操ることもできるのも、容易に想像がつくのです。

穣二氏とはそのように不思議な人物なのです。人間をひどく嫌っており誰に対してもズケズケと毒舌なのに、村上神父にもセルマにも、とてもやさしく親切に接するのです。

セルマに対しても穣二氏がとても忍耐強いので、村上神父は実は驚いていました。

前にも書いたように、セルマは怠けもので散歩が嫌いですが、後ろ足の神経は適度に動かしておかないとだめなのです。勘の良い穣二氏はそのことに気づいていて、セルマの足を丹念にマッサージしては散歩に連れ出してくれることがありました。そういう時は、まるでセルマが穣二氏の言葉を理解できるかのように、小さな子供に話すように色々話しかけていました。セルマがどんな星の下に生まれどんな飼い主に出会い、今に至るのか。毎日何をするのが好きでどんな食べ物が好きで、何が嫌いか？

そこまで気を配ってもらえると怠けもののセルマもできるだけ穣二氏の意向に沿うように頑張るのでした！　そういう時の穣二氏は、まるで水のようにセルマのたましいの襞の細部に優しくしみ込むのです。

穣二氏にはものすごく優しいところと残酷で容赦ないところの両方が共存しているようでした。

そして何回目かのジータの訪問ののち、穣二氏は2、3日考え事をしているようでしたが、村上神父に、

「よく考えたのだが、私はここを出ていった方がよさそうだ……」

と言ったのです。

穣二氏の出発

村上神父はショックでした。楽しい穣二氏とセルマとのこの山の上教会での生活。セルマとふたりの時ももちろん幸せでしたが、穣二氏が加わることによってとにかく教養が増し、また村上神父が未だ知りえない外の様々な世界のことを穣二氏の話から想像すると、さらに自分たちの今の生活が奇跡のように幸せなのだと思われました。

「どうしても行くのですか？」

「できれば、まだここにいたかった。私の命が都合よくここで尽きてしまえれば幸せだとさえ思っていたのだが……神がそんなに私に優しいわけがない。これ以上ここにいてもジータは通ってくるだろうし、いずれ我々全員の気持ちがガタガタし始めるだけだ……」

村上神父もまた、去り行く人を押しとどめることができる人ではありませんでした。

「またいつでも遊びに来てください」

穣二氏は腐りゆく野菜のような笑みを見せ、無言で握手しました。

穣二氏は旅人のようにスーツケースひとつを持って、去っていきました。ちょっとした身の回りのものと数冊の本しか持たず、色々な本を村上神父に置いていってくれました。セルマとふたりで見送りました。あまり感情を表さないセルマも、村上神父とふたりだけになってしまったのを理解したらしく、頭を村上神父の体に摺り寄せてふたりで寂しさに耐えていました。

山の上教会の下り坂を穣二氏が歩いて下っていくと、大分遠くの方に黒沼ジータが待っていました。穣二氏が来るとふたりはベージュ色のスポーツカーにスーツケースを乗せ、走り去りました。

それから……。

ジータは借りてあったこぎれいなマンションに、ひとまず穣二氏を住まわせました。しかし都会の中のマンションは穣二氏には空気が全く動いていないように感じられ、何を見てもどこを向いても牢獄でした。

ジータにウオッカを買ってきてもらい、昼過ぎに目覚めると何も食べないでもう飲み始めるのでした。ジータはほとんど毎日通ってきましたが、穣二氏の状態をひどく心配しました。

「ねえ、お酒はせめて夕方からにしてくださらない？」

「いいじゃないか。私は君にこうして世話になっておきながら君の嫌がることしかしない、最低の卑劣な男なんだ……君は一体どういうわけでこんな私に執着してるんだい？」

「あなたは素晴らしい方よ。才能があって頭がよくて、若いころは男っぷりも素晴らしかった。今だって見る目のある女なら必ず気づくわ。教養の深さとその中を優雅に気まぐれに漂うチャーミングなおさかな。それがあなたよ」

「ジータ。ずいぶん私をほめるんだね。君はいつの間にそんな言葉を使うようになったんだ……だけど、所詮私はクソだ」

穣二氏がウオッカのグラスを手から離すことはありませんでした。

毎日ジータはやってくると、穣二氏のマンションを片づけることから始めます。

「今も母親と住んでいるんだろう？　母上は元気かい？」

「ええ。でも元気じゃないわ。実は寝たきりなのよ。文句ばっかり」

「君は面倒見がいいね。自分の家で母親の面倒を見て、おまけに私の部屋まで掃除しに来る。いや、私のじゃない、私に貸してる君のマンションの掃除だ」

さんざん派手に華麗に社交界を生きてきたのに、今ジータは穣二氏の住まいを整えていました。そしてテレビの周りを掃除する手を止めて言いました。

「あなた、海がお好きだったわよね。メキシコの美しい海と気持ちの良い建物。そうだわ、こんなところにいても元気にはなれない人よ。どこか海辺のおうちを探しましょう」

ジータは名案を思いついたと、うれしくなりました。

こうしてある日、ジータは海辺の物件の情報を持ってやってきました。

例によって穣二氏は飲み始めており、ジータが家を見に行こうと言ってもなかなかその気にならずどんどん時間がたっていきました。

「お願いよ、きっと気に入るわ」

「私のようなどうしようもない男に、何をしても無駄なだけだよ。それがわからん君もどうしようもないバカだ……本当にそんなにいい家なのかい？」

「ええ。海辺だけど小高くなっていて周りも静かだし、半島の先で朝日も夕陽も見えるの。夜空もきれいよ」

というわけでやっと重い腰を上げた、よどんだ目をした穣二氏を連れて、ふたりで車で向かったころには、夕方になっていました。

その物件は、窓の多い気持ちの良いモダンな一軒家でした。目の前が海の、岩場に建っていました。板張りが気持ちよく、海の向こうの方には遠く灯台の光も見えました。

穣二氏はすっかり気に入ったのか板張りの階段に腰を下ろして日が暮れていく美しい海をずっと眺めていました。

「気に入った？」

穣二氏は海を眺めているだけです。でも表情にはやわらかい幸せ感が現れていました。

「やっぱりあなたは水辺がお好きなのね。かに座の方ね」

ジータは穣二氏を少しでも幸せにできて、本当にほっとしました。

「何もないから家具は揃えなくちゃね。冷蔵庫は使えるみたいだけど」

「私が寝られるマットレスだけあればいい。ほかには何もいらんよ」

穣二氏は海から目を離さずにそう言いました。


何週間か経ち、穣二氏は板張りの階段に座ってギターを弾いていました。若いころにアルゼンチンで覚えた陽気な歌を、ギターを弾きながら歌いました。

海に面した広いリビングスペースには、美しくモダンなテーブルが置いてあり、どうやらそこで穣二氏は書き物をしているようでした。

全面ガラスの広い窓からは、まるでハワイみたいな海に沈む夕日と夕焼けが見えていました。


穣二氏は思い出していました。

私が子供のころ、とうとう父は事業に失敗してしまった。

兄と私は私学でほかの子供より貧乏でみじめだった。

学校を終えると私は進学せず、この世の大きな海原に富と冒険を求めて漕ぎ出したのだ。

私は若さに任せて様々なことに身を投じた。

アメリカでいくつかのレストランのオーナーとして成功し、いくらかの富も築いた。

しかし私は……大きな罪を犯した。当時結婚した若き妻に対して。

彼女は私と結婚して、自分が何も知らないと気づいて自分を恥じていた。教養を身につけようと多くの本を読んだが、それは苦しみでしかなく、彼女はやがてすっかり自信を失って自分の殻に閉じこもってしまった。

その彼女に、私は手を差し伸べることができなかった。私はバカものだったのだ。

私が妻と楽しい会話ができないことは、私にとって苦痛であり、お互い身動きの取れないことだった。

私は彼女を家にひとり置いて、あのころの面白いパーティーに出かけた。彼女は家を出たがらなかった。

やがてほとんど口をきかなくなった彼女の精神は、私が整えたインテリアの家の中で冷たく枯れて固まってしまい……精神科の病院に連れていくしかなかった。私は彼女から奪うだけで与えなかったのだ……。

私たちは彼女の精神が破壊されるという形で別れを迎えた。

彼女は私と結婚したころには親兄弟もいなかったから、病院へ見舞う者は私しかいなかった。が、やがて私のこともわからなくなり、私はそんな彼女に会うのもつらく、足も遠のいてしまった。私がしたことは病院に金を払い続けただけだ。地獄に落ちるしかない……。

それから私はさまざまな事業のコーディネーターやレストランの共同経営をしながら、ある日、ジータと出会った。

私は結婚にはこりごりだったから、ジータと結婚するつもりはなかったのだが、ジータの方が私に惚れてしまった。

ジータは私の物事の好みも何も理解しないし、ふたりは余りにも性格が違ったからとても結婚はできないとずっと思っていたが、ジータは私と結婚したがった。私の方が関係性で優位に立っていたのだから色々不一致はあっても私の意思を尊重するだろう、と思ったのだ。ここにも自分本位な計算が私にはあった。

私と結婚したが、ジータのにぎやかな、時に騒がしすぎる社交生活は続いた。ジータには姉と母親がいて、彼女たちが話し出したら私の意思を尊重するどころか、彼女たちに逆らえる者などいなかった！　彼女たちはジータの父親の残した財産を賢く運用し、経済界の何人かとも付き合い、彼女たちの結束と存在は私にとっては「スペインの無敵艦隊」を相手にしているように感じられた……。

そんなある日、私はジータの不貞を知った。ジータはスタイルが良いし、ダンスがプロ並みだったし、高級なイメージの雑誌にモデルを頼まれたり、ちょっとしたテレビＣＭにも出たりしていたのだが、そういう連中にとてもモテた。

その中のひとりの男と付き合っていたのだ。雑誌やテレビのＣＭの撮影があるからと帰らないことが度々あり、私はある友人から報告を受けた。ジータが帰ってこないなら私も家にいる必要もなかろうと、私はマンションにひとりで引っ越して快適な生活を送った。私も当時は仕事が忙しかった。するとジータはたまに私のマンションにやってきて、何やかやと世話を焼いて帰るのだ。

そういう生活が半年も続いたころ、例の友人が、またジータが同じ男とあいびきしているというので、私は彼女の母親のところに本当のところを聞きに行った。母親がいうには、ジータにその男と会うのはやめるように言っているにもかかわらず、切れていないということだった。

それで私は決心した。男とジータがいるところに踏み込んで現場を押さえ、男をたたき出してやるのだ。

ジータにある週末の予定を聞くと、仕事がらみの付き合いで私のマンションに来られないという。これは怪しい、と思った。

私は夜中になってから弁護士に脚立を運ばせて、彼女と私との元の家に行った。住宅街の一軒家で芝生が植えられ、バラが沢山咲いていた。どうやら私がいない間ジータは庭の手入れはきちんとやらせていたようである。芝生は生き生きとしてバラは美しく咲いていた。

私は弁護士に脚立を2階の窓に届くように立てさせると、登っていった。もし本当に外出しているのならその窓は閉まっていたろう。しかしいるのならその窓を少し開けておくのが、あの家の2階での過ごし方だった。晴れていればかすかに月明かりが差し込むし、バラの香りも夜気に紛れてそこはかとなく上《のぼ》ってくるのだ。

私は梯子で2階の窓まで登って、窓から侵入するのに息が切れた。

私が部屋に入るとジータがナイトガウンを着て立っており、

「いやだ、あなたなの？　どうなさったの？」

と言った。

それから私たちはソファに座って少し話をした。

なぜか例の男の話はしなかった。まだジータが仕事や派手な付き合いでこれほど忙しくなる前に、私たちふたりがしていたような他愛もない会話だった。

私たちはふたりとも男のことには触れなかったし、ふたりとも私がそのことで今夜2階の窓から侵入してきたこともわかっていた。

最後に私は、

「私は、もうこんなことをする年齢じゃないんだよ」

と言った。

もうそこにいても仕方ないので玄関から帰った。ジータは私を優しく送り出した。脚立はどうなったか知らないが、たぶん待ちくたびれた弁護士が仕方なく担いで帰ったのだろう。

結局、あの男がいたことで私たちは離婚した。その後、1年もしないうちにあの卑劣な男ともジータは別れた。

その後、私は長いこと独身生活を楽しんだが、私の場合楽しんだと言えるのかどうかわからない。

私は、例えばある一定数の美しい女が背中開きのイブニングドレスを着てハイヒールで歩く時に、背中のジッパーを上げたり車や階段では転ばないように手を差し伸べてくれる男を必要とするように、ひとりで暮らすにしても家の中の一切のことや簡単な食事や時には気の利いたうまい夕食を作ることのできる誰かがいないと、生活が立ち行かない男になっていた。

ジータとの人の出入りの激しい喧噪的ともいえる生活が終わり、私は森のような木立に囲まれたかなり広い敷地の中にこぢんまりとした居心地の好い家を見つけて、移り住んだ。森は人を癒す。私の場合、たとえ木の手入れがなされていなくても、緑の芳しい香りが私というホモサピエンスの本能的な喜びの感性を刺激するということを、知った。

こうして私は若いころと違ってあまり出かけたがらなくなった。それはいいのだがしばらくすると読書ひとつするのにも、この家の中でままならないことを知った。

私は通いのお手伝いを雇い、食事は外食のことが多かったが、私という人間はふたつの車輪の片方の存在でしかなかった。家を掃除し、物をあるべき場所に整えるだけでなく、花を飾り生きる本能をくすぐる食事の香りがしてこないと、自分が必要最低限の幸せの中に生きているとは思えないのだ。

そこで私はあるバーで知り合ったバーテンダーを雇った。彼は本当に私なんぞよりずっとまともな、よく働く男だった。私が給料を弾み、一部屋彼にあてがうと、彼はうちで住み込みで働いてくれて仕事の義務以上に思いやりの花や食事や気配りで私の生活を潤いのある平和なものにしてくれた。これで私は落ち着いて読書ができるというものである。たとえ彼が買い物に行っていて、私を驚かせようと思ってとんでもない高いステーキ肉を買い、それに合う高いワインをまた探し出しているとしても、である。私は身の回り担当の彼との二人三脚で暮らしていることにほっとして、この森に囲まれた家の中で安定感を得るのであった。

そして私の生活は快適に回りだしたが、人生が快適になると人は良い出会いをするものである。ほどなく私は3人目の妻となる女性に出会うのであるが、その前にあった、私という人間の何とも言えない出来事をひとつ披露すると……。

完璧な生活面担当者を得て心を曇らす孤独から解放された私は、気分も軽く誘われたパーティーには前よりも出かけるようになっていた。当時、我々の仲間には週末になると自宅を開放して様々な輩を呼んで、まだ今ほど予測もできないような絶望的な心配事をいくつも抱え込んでいなかった東京の夜を、ウキウキする楽しい時間にしてくれる親切な友人が何人かいたのだ。

ある夕方、私はそんな友のひとりのパーティーに行き、ウィスキー・アンド・ソーダを2杯ほど飲んで薄笑いを浮かべてぼんやり立っていた。すると数メートル先に、私に向かって微笑んでいる、光り輝く亡霊かとも思われる女性に気づいた。彼女はいつまでもこちらに微笑んでいるようなので、私はゆっくりと近づいて、

「今夜は素晴らしい。あなたに再会できるとは」

と言った。確かに以前どこかで会っている女性なのである。

「あなたは確か……」

私は思い出そうとしたが、知っている女性だ、ということしか思い出せなかった。

「えーと、あなたは確か……」

すると彼女はきらきら微笑みながらも、小さな吐息と共に言った。

「ジータよ」

そしてあきれているような気のいい女のような笑みを浮かべながら、彼女はあっちの方へ歩いていってしまった……。

そのようなことがあって私は酒の量を減らした方が良いのかもしれない、などとちょっとは考えてみたものの、そんな思い付きは水の泡と消えた。なぜならうちには腕の良いバーテンダーがいるのであり、私が読書に飽きた夜などふたりでレコードのコレクションをあれこれ聴きながら、彼が創り出すカクテルをふたりで楽しんでいたからだ。

彼のバーテンダーとしての才能を我が家だけで使って開花させないのはまずいと思って、私は彼がよそのパーティーなどで腕をふるって稼ぐことを許可していた。

そんな彼のアルバイトのパーティーのひとつで、私は3人目の妻となる扶紗に出会った。それは、日本で商売を展開しているある米国人のゲイのカップルのマンションでのことであった。

彼らは日本経済が人々の上っ面を飾り立てる欲望を満たすことに偏り過ぎた狂乱堕落の時代とあえて言っておこう、そんな時代にアパレルで大成功して、アメリカに帰るところだった。ほとんどの家具や食器、ちょっとした美術品を友人や知り合いに売り払い、自分たちは身軽になって故郷アメリカでの次の人生の章に入ろうとしていた。あっぱれである。その友人知人を呼んで彼らの家の中を物色し値段と運搬手はずを整えるためのパーティーであった。客は多い方がよいということで私も知り合いとして呼ばれ、バーテンダーの彼とそのマンションに乗り込んでいった。

東京の一等地にあり、高級なマンションの半地下の部屋で素晴らしい家具や美しくモダンな調度品が出されていた。食器は私は面倒なので見なかった。

彼に作ってもらったカクテルを飲みながら部屋をゆっくり歩いていると、私は家具よりも何よりも掘り出し物のような素晴らしい女性を発見した。もう今の時代にはどこを探してもおそらく見つかるまい。私の目から見て女性的で家庭的でおおらかで、美しく優美で笑顔が輝く様であった。

彼女は愛と機知にあふれていた。娘が1人いる未亡人の身で、このパーティーの主催者のふたりが品物をおろしている店の1軒で店長をしていた。

私は何とか彼女に奥さんになってもらいたくてデートに誘い、食事をしたり、また休みの日には、12歳の彼女の娘と3人でピクニックに出かけたりした。

努力の甲斐あって、彼女は私のプロポーズを受け入れて、私たちはスペインのイビサ島へ行って結婚した。当時はあそこもまだ静かで美しい海があった。

妻は私の気まぐれで残酷な、その持ち主のたましいさえも苛む奇妙な感性に、驚くほどやさしく細やかに気づいてくれており、私といういわばエレガントなろくでなしを、長きを助け短きを補う形で支えてくれた。私には気持ちの浮き沈みはあったけれど基本的には彼女と一緒に生きている、ということは私には安心であったのだ。

私は私たち3人の生活、娘の将来、そして我々の老後のための金を稼ぎ、色々と楽しい計画を夢見ていた。しかし、私のようなろくでなしにはそのような幸せは与えられないのだという現実に私は気づかなかった。

扶紗はがんになってしまった。あの私のほとんどこの酷いことばかりの世界を魔法のようにバラ色に見せてくれていた特別な女性。彼女はがんという悪魔に体を蝕まれ、衰えていった。私は彼女がかわいそうで、酷な治療に耐えさせることはできなかった。なんと辛い日々だったろう。ひとつも悪くない彼女がこんな目にあうのは、私なんかと結婚したからではないか？　私が彼女、そして娘の幸せを奪ってしまったのではないかという気さえした。私に少しでも良いところはあったのだろうか？　彼女を幸せにしたことはあるのか？　私は彼女がいなければ一体自分の感じ、考えていることのどれが正しくて、どれはただの気まぐれかもわからない人間である。

そうして私が途方に暮れている中で、彼女はこの世を去ってしまった。

娘は大学に戻り、私は持っていた飲食店などを経営する会社をすべて人に譲り、娘に信託財産として残し、生きていてもしようがない根無し草になってしまった。

あちこちで飲み歩き、知り合いのところをフラフラしていて、あの不思議な善人の村上神父のいる山の上教会にたどり着いたのだ。

彼とあの犬、そして奇跡のような悪意なきあの小さな教会の空間に出会えたことは、私の指の間からこぼれていったいくつもの宝物のひとつだった。私はちゃんと宝物を与えられているのに、いつも指の間から逃してしまう。

そこまで書いて、穣二氏は手を止めました。

穣二氏は、ピアノもギターも独学で弾けました。昔は内輪のパーティーでピアノの腕前を披露して人を楽しませたこともあったのです。なので、ジータは穣二氏のために、この海辺の家に小型の電子ピアノも運び込んでいました。

けれど穣二氏は、なぜかそのピアノの確たる存在が気に食わず、ある日かなり酔ってそのピアノを乱暴に家の外に引っ張り出すと、海に面した岩場で、斧を持ってきて粉々にしてしまったのでした。

穣二氏の心はズタズタだったのです。

次の日やってきたジータは、ピアノの残骸を見て、ポロポロと涙を流しました。

「わたくしも、もう若い時のようにあなたを責めたり喧嘩したりする力は残ってないわ。扶紗さんがここに降りてきてくださったらいいのに。もう私ではあなたの気分を明るくすることはできないのね」

そのように泣いているジータをちらと見て、また穣二氏は酒瓶に手を伸ばしていました。

穣二氏はいくつかの薬物を手に入れました。どれとどれを一緒に飲めば終わりが来るのか、穣二氏には予想がつきました。まことになんでもそつなくやれる男だったのです。

穣二氏はどこで死のうか、と考えていました。どこで死んでも迷惑をかけると思いました。ここは縁あって顔を突き合わせているジータに面倒をひっかぶってもらうしかあるまい、と思いました。

手紙を書きました。

「最愛のジータへ
私はどうしようもないバカ野郎だから、私といるとろくなことにならないのは君にもわかるだろう。

それでもこの世にいる間君が私に示してくれた情けには、感謝している。

私と同じ、いやそれ以上にクソ溜めのこの世に、もう少しもいたくないのでおさらばすることにするよ。

君は優しいから神もきっと君には情けをかけてくれるだろう。

穣二」


それから村上神父にも書きました。

「村上神父殿
この度、これ以上この世でやっていけるとはとても思えず、この世を去ることにした。

清らかな奇蹟の隠れ家にいる君は知らんだろうが、この世の人間の下劣ぶりはそれこそ底なし沼のような深い闇だよ。

私は数十年生きてきて、人のたましいは大体大きくふたつに分けられると思った。最終的にまともにありたい、と願うたましいと、まともに生きようと思っても酷いことばかりが起こって、それなら悪になってやる！　と思うたましいだ。

結局、まともに生きたいたましいは、いつも正しいまともなことをしようと努力しているし、たとえ不運の悪魔が取りついて、彼の清らかな心をどんなに汚して堕落させてしまおうとしても、彼は清らかであろうとする努力をやめない。悪魔の策略の中に力尽きて死を迎えようとも、あの世の中に美しい光明を見ながら死んでいけるのだ。

ところが悪魔の罠にかかって転ばされ、そのまま自らも悪になるたましいというのは、所詮きっかけがあれば悪になろうとしていたたましいなのだ。理由をつけて善になろうとすることをやめて、悪で遊びたいやんちゃ心を持っているのだ。全くまともでいることになぜか安心していられないのだ。悪いと落ち着く、というか……。

私は自分のことを考えてみた。私はどちらのたましいなのか？

私は自分をろくでもない男だと思った。あなたは神父であるからして、正直に告白する。もっと様々なことを、努力して、骨を折って、何かしらのゴールドをつかめたはずだったが、何のためにそんな努力をする理由があるのだ？　と思っていた。

私は人の傲慢で浅はかなところがすぐ目に付くので、この世にはろくな人間はいないと思っていた。しかしそういう輩ばかりが周りにいた、ということは私もそんな輩だったから、類は友を呼んだのだろう。今になるとわかるような気がする。

努力の腰の重い怠け者の私が唯一努力できたのは、3人目の妻、扶紗と彼女の娘の秋子のためだけだった。

しかし、私はまだ傲慢だったのだろう。扶紗を神にあの世に召し上げられてしまった。その後、私が出会えたたましいは、君だった。君とあの犬のセルマ。

私は簡単に悪になるほどのんきでもなかったが、傲慢な怠け者で素直にすぐに努力のできない愚か者だった。私はこの自分をどうにもできないので、この世の総てとおさらばすることにした。かといって、あの世に行ってもまだこんな自分や周りは変わらないような気がするのだが、もし、もしも扶紗が会いに来てくれたら、あの世に行った甲斐があったと私には思えるのだ。扶紗は私がどうすればいいのか、微笑んで示してくれるはずだ……」

村上神父の旅立ち

天気の良い朝でした。

村上神父はいつものように掃除をし、会堂を整え、庭を整え、セルマの世話をしました。体調は悪くないし何もかも整っているのに、何かが違う……今まで生き生きとしていた磨き上げられた教会のチャペルの椅子。美しい祭壇。

それでも村上神父は、神に深く深く感謝の祈りを捧げ、オルガンを弾き始めました。

午後になり、今日の夕食を考え、裏庭で間引いた人参や収穫したピーマンのソテーと魚に決めました。ちゃんと料理をし、セルマを夕方の軽い散歩にも連れ出し、帰ってからはいつものように戸締りしました。

空虚。あるいは胸騒ぎ。こんな幸せなのだから、単なる気のせいだと思って眠ってしまいました。

しかし翌日は朝からダメでした。ああ、私はどうしたのだろう？　珍しくセルマが村上神父の膝の上に乗ってきました。何かを感じて心配になったのです。

「セルマ。何がどうしたのか。穣二さんがいなくなって寂しいのかな。だからって仕方ないことなんだよ。あの人はお客さんだったんだからね」

セルマは何とかして村上神父を慰めようと寄り添っていました。

その夜、村上神父は穣二氏の夢を見ました。穣二氏はとても快活に笑っているのですが、どこか不気味な感じもして、苦しそうでもありました。そして村上神父に向かって、

「外に出ていかなくちゃ」

と言いました。

村上神父は翌朝起きて、夢で穣二氏と会ったことを覚えていました。

久しぶりに会えてすごくうれしい気がしました。穣二氏も自分に会いたがっているのではないか……と思うほどの親しみを感じる夢でした。

外に出る……か。

その言葉について村上神父は考えました。


結局そうしたことがあって……。

今村上神父はエルサルバドルにいました。

教会の支部にどこかとにかく他所の教会に行って働きたい、とお願いを出したところ、最初メキシコに、そしてさらに中央アメリカのエルサルバドルに派遣されたのでした。

村上神父はスペイン語ができなかったので、スペイン語の日常会話と聖書の言葉を猛勉強をしながらの、新生活でした。

ありがたいことにセルマを連れていくことも許されました。そして本当にありがたいことに、セルマの体調も何とかもってくれました。すべてが新しい大変な毎日の中で、セルマに愛情深く手を尽くすことは村上神父にとって、かけがえのない喜びでした。犬のセルマが村上神父より先に天に召されることは十分予想されましたから、セルマとの思い出は愛一色にしておきたかったのです。

エルサルバドルという国は、実は犯罪や貧困が多く、ひとりで個人の生活を満喫できた日本にいたころと比べたら、村上神父の生活は大変なことになっていたわけですが、それを後悔する暇もないほど毎日は忙しく、厳しさと緊張と新しい刺激に満ちていました。

村上神父が自分で気づいていたのかどうかわかりませんが、本来勉強好きだった彼はスペイン語の勉強のほかに、メキシコや中南米の国々が植民地だったころに作られた、主にスペインやポルトガルのキリスト教文化の色濃い教会やハシエンダと言われる金持ちや農園主の屋敷の建築物についても調べました。それらは素晴らしい装飾を持つ数々の遺跡でしたが、実は中南米ではすべての歴史的遺産が必ずしもきちんと保存管理されておらず、観光名所と認知されないところは朽ち果てるままにされているものも多かったのです。

さらに村上神父はこの国の歴史を読み進むにつれて、当時ヨーロッパ人に支配されて多くの悲劇を経験した先住民のインディオたちの文化の存在も知るに至りました。ヨーロッパ人とインディオの両方の文化の混ざりあった人々の子孫が、今村上神父が教会で相手にしている現地の人々でした。

村上神父の教会の信者たちは、少しのまあ、お金持ちのほかに、かなり貧乏な家庭の人々も居りましたが、皆信心深かったのです。そして子供たちが貧困から脱してこの世の様々な素晴らしい可能性にチャレンジできるようになることを願っていました。村上神父も音楽面ならオルガンを教え、合唱団も教え、スペイン語があまりできないながらもなんとか工夫して色々相談にも乗りました。

ある時、穣二氏のたましいが村上神父の様子を見にやってきました。

穣二氏は薬で自殺してたましいになってあの世に行ってからというもの、何やら抵抗できない立派なたましいの諸先輩たちに、生きていた間のことを色々思い出させられて、結構大変な思いをしていました。毎日毎日自分の子供時代から昔の若き日のことまでほじくり返して思い出させられ、あの時自分はこんな風だったのか！　思い出せば確かにそうだったけど、今となっては何で自分がそんなだったかわからないくらい色々忘れておりました。

毎日過去の自分を思い出しては物思いにふけることにちょっと飽きた時、ふと村上神父は、今ごろどうしてるかしらん、と思って見に来たのでした。

するとを村上神父はどうやら外国に来ているようでした。スペイン語圏。

そしてある貧しい家庭の子供の将来について模索しているところでした。

世間知らずで教養も狭く稚拙だったが、相変わらず人のために働いている。彼は一見、あまり自分というものがなく、水のように人の間を流れ、潤すことだけを考えているように見える。


今、村上神父はある少年の将来の希望に道が開かれるように、進学への策を練っています。何とかその道への突破口がこじ開けられてるように、穣二氏も念じました。

今人間であることを終えてしまった穣二氏は、生きている間何を論じ主張しても、人間にはとても及ばない何か大きな力というものがあるものだなー、と思うのです。とても人間がどうにかできるレベルではないよう。ただその中にあっても、村上神父のやっていたような単純な純粋な気持ちから生まれるひとつひとつの良い行いは、どこまでも小石のようにいつまでも明るく光っている、そんな気がしました。


小さな良い行いは壮大な意図より価値がある（ドゥゲ）。

あとがき

この本は、私がこんな風に生きられたらいいな、と思ったことをつづった物語です。音楽と読書と植物、ペットが好きなので、それらに囲まれて生きる生活を描いてみました。

出てくる人物たちは、私が現実に出会った人や本や映画で出会った人物を、粘土のように混ぜ合わせて、また新しく作り直した、私の愛すべき人たち、です。

その中で、一番最後に出会う江守穣二氏は、私が興味を持ち、ある意味恋い焦がれるイギリスの俳優、故ジョージ・サンダース氏を、無理矢理日本人ということにして、日本で暮らす日本人の私（私も無理矢理男性、神父になった）と出会わせることによって、自分がジョージ・サンダースのキャラクター、たましいに出会えたら、色々会話をしてどんなに楽しいか！　ということを想像して書いたものです。これを書いている間、たとえ空想・夢の中でもジョージ・サンダースと出会うことができて、とても楽しかったです。ジョージ・サンダース氏は、かつてテレビドラマでエモリーという役をやったことがあるので、江守穣二という名前にしてみました。

この物語を友人の何人かに見せたら 心がフワフワして楽しくなれる、と言ってくれました。

暗い出来事の多い今の時代ですが、少しでも心にフワフワ楽しい気持ちを感じていただけたら幸いです。

２０２２年12月４日

真樹　みどり

著者プロフィール
真樹 みどり（まき みどり）
1955年生まれ。
広島県で生まれましたが父の転勤で、すぐに引っ越しました。
立教大学卒業。
25歳で結婚、会社勤めをしていましたが、子供が生まれて専業主婦となりました。
現在は神奈川県在住です。

著書
『パイ女』（2000年、新風舎）

セルマ

2023年5月15日　初版第1刷発行

著　者　真樹 みどり
発行者　瓜谷 綱延
発行所　株式会社文芸社
〒160-0022　東京都新宿区新宿1－10－1
電話　03-5369-3060（代表）
03-5369-2299（販売）

印刷所　図書印刷株式会社

ISBN978-4-286-30130-3